氐人仇池

商震 著

中国旅游出版社

责任编辑：王佳慧　高　辰
责任印制：冯冬青
封面设计：中文天地
手　　绘：布　丁

图书在版编目（CIP）数据

氐人仇池 / 商震著 . -- 北京：中国旅游出版社，2024.12. --（"芒鞋"丛书）. -- ISBN 978-7-5032-7452-7

Ⅰ . I267

中国国家版本馆 CIP 数据核字第 20245V80U2 号

书　　名：氐人仇池

作　　者：商　震　著
出版发行：中国旅游出版社
　　　　　（北京静安东里6号　邮编：100028）
　　　　　https://www.cttp.net.cn　E-mail:cttp@mct.gov.cn
　　　　　营销中心电话：010-57377103，010-57377106
　　　　　读者服务部电话：010-57377107
排　　版：北京中文天地文化艺术有限公司
印　　刷：北京金吉士印刷有限责任公司
版　　次：2024 年 12 月第 1 版　2024 年 12 月第 1 次印刷
开　　本：889 毫米 ×1194 毫米　1/32
印　　张：9.25
字　　数：171 千
定　　价：49.80 元
ＩＳＢＮ　978-7-5032-7452-7

版权所有　翻印必究
如发现质量问题，请直接与营销中心联系调换

竹杖芒鞋轻胜马
（出版说明）

中国文人历来有为祖国名山大川著书立传的传统，越是民安物阜的年代，这样的考据与撰写就越繁荣。如今正是休明之年，作为国家级旅游专业出版社，策划出版一套由中国当代著名作家执笔的地理散文丛书，可以说是为时代著述，为山河立传，具有重要的社会价值。

近年来活跃在中国文坛上的许多中青年作家、诗人写的随笔和散文，率性鲜活，风姿绰约，读来让人心向往之，字里行间最能看出他们的真性情。那些最前沿的刊物都愿意刊发这些作家诗人们写的随笔，因为作品里有人文，有地理，有故事，有情感，有心跳，所以显得有趣，读起来让人更有身临其境之感。这些作家是文学领域的流量担当，当他们把目光投向山川草木，用脚步丈量天地人间，用笔墨透视历史人文，便带来了文旅结合的崭新文风和重磅之作。

这套系列的主旨是将大地与生命结合起来。作家需要行走并实地考察，必须经过详细的田野调查，对山川、草木、河流、人文、历史等都有详尽的考证和触摸，为名山立传、为大江大河立传、为历史名城立传、为世界自然遗产立传。

其中最关键的一点是：当置身于一个广阔的历史空间和博大的地理环境中，作家把自己放在哪个位置？作家跟大地和历史如何碰撞出火花？作家以其深厚的人文沉淀、敏锐的世事观察、犀利的批判思辨，赋予了这套系列特有的广度和深度。

2020年和2021年本系列已出版的六部作品，分别是商震的《蜀道青泥》和《古道阴平》、鲍尔吉·原野的《大地雅歌》、朱零的《从澜沧江到湄公河》、路也的《未了之青》、荣荣的《醉里吴音》，基本构建起了本系列对大地、历史、人文的视域框架。

2022年的两部作品分别是，李元胜的《寻花问虫——西南山地博物之旅》、王族的《羊角的方向是山峰》，通过更加幽微而精深的笔触去探索人与自然的奇妙关系。

2023年的作品是蒲小林的《悠然见射洪》，生动地描述了射洪从远古洪荒到"中国石强县"的发展轨迹，透视出射洪人坚韧不拔的个性与求实创新的精神。

2024年的作品是商震的《氐人仇池》。

本书是继《蜀道青泥》《古道阴平》后，作家商震又一部实地行走、考察而完成的著作。作者来到甘肃省陇南市西和县的仇池山，从当代人的视角出发，对仇池山和氐人的历史进行回溯。年逾六十的商震先生，数次来到陇南，跋山涉水，到仇池山实地考察调研，并查阅了大量史志资料，创作出了《氐人仇池》一书，对陇南历史文化的前世今生进行了深度剖析，回答了许多历史疑难问题，大胆提出了一些猜想，并从历史、地理、军事、人文、民族、商业等角度以穿越古今的笔法记述了氐人历史和陇南文化，广博而深邃。书中随处可见作者睿智而不失幽默的评论，是本书的一大闪光点。

"竹杖芒鞋轻胜马，谁怕？一蓑烟雨任平生。"东坡先生的这句诗给了我们关于这套当代著名作家散文丛书最贴切的意象——既有仗剑天涯的文人豪气，又以"芒鞋"的形象带我们走进人间万象。希望以这套丛书的出版为契机，陆续推出更多文化行走类图书，让"知"与"行"，"史"与"今"，通过作家细腻的笔触生发出更广阔和瑰丽的天地。

"芒鞋"丛书编辑部

2024 年 11 月 14 日

前言

陇南文化在历史演进的过程中，薪火相传，兼容并蓄。

陇南是人文初祖伏羲的诞生地。传说伏羲诞生于甘肃省陇南市西和县境内的仇池山。"伏羲生于仇夷，长于成纪"。仇夷即仇池，成纪即天水。《遁甲开山图》记载："仇池山，四绝孤立，太昊之治，伏羲生处。"这句话告诉我们：第一，四面孤立的仇池山，就是陇南市西和县的历史名山仇池山。西和县仇池山四面陡绝，只有一条羊肠小道可通山顶，十分险要；第二，三皇之一，人类初祖伏羲就降生在西和境内的仇池山上。甘肃省西北师范大学的赵逵夫教授认为，之所以把"常羊之山"认定为仇池山，主要理由有3条：其一，《山海经》中对常羊之山位置的描述，和仇池山的方位相符；其二，常羊之山在古代的华阳国内，根据古代民间传说记载，有蟜氏女"女登"感应神龙于华阳的常羊之山。而伏羲为龙神,古代传说生于仇池。则有蟜氏女所感应的神龙所在的常羊之山无疑就是仇池山;其三,仇池山在古代又叫仇夷山、仇维山,而"仇池、仇夷、仇维"和"常羊"的读音相同或相近。依据这些理由,基本可以确定常羊山就是仇池山。

陇南是秦早期文化的发祥地。礼县大堡子山遗址及墓群经国内考古界、史学界专家考证,属两周时期中国古代城邑、墓葬遗址,系秦开国国君秦襄公或其子文公夫妇陵墓,是秦国第一大陵园——秦西垂陵园,在2004年被确定为"全国重点文物保护单位",在2006年被评为"全国十大考古发现之一"。礼县大堡子山秦贵族大型陵墓、建筑基址、祭祀坑、车马坑等大量国宝级文物的出土,确证这一带是西周至春秋中期的秦国的政治中心。这对研究两周时期的秦国乃至周人墓葬制度、秦国始封地、西周封建制度和秦人从夷人到秦人、秦族,从部落到附庸、到秦国的崛起历史及其社会特征等具有很高的学术价值。其中出土的秦公簋,是研究早期秦文化和秦文字的珍贵实物,现陈列于中国历史博物馆。《诗经》中"秦风"的6首作品可能就产生于陇南礼县境内的西汉水流域。

陇南是古羌文化发源地之一,古羌族曾在此建立宕昌国。迄今为止,我国境内发现的最古老且比较成熟的文字便是3000

多年前殷商时代的代表文字——甲骨文。甲骨文中有一个也是唯一一个关于民族（或氏族、部落）称号的文字，即"羌"，是中国民族称谓的最早记载。仰韶文化末期（约公元前3000年左右），黄河中游出现了炎、黄两大部落。炎帝姜姓，姜、羌本一字之分化，是母系社会与父系社会的不同表达，甲骨文中亦常互用。姜、羌均像头戴羊角头饰之人，代表以羊为图腾的起源于我国西北的原始畜牧部落。《晋语·国语》："昔少典娶有蟜氏，生黄帝、炎帝。黄帝以姬水成，炎帝以姜水成。成而异德，故黄帝为姬，炎帝为姜。"炎帝属古羌族部落，在后来的战争中，炎帝部落大部分与黄帝部落融合，成为华夏族（今汉族的先民）。另一部分则西行或南下，与当地土著居民融合，成为汉藏语系汉族、羌族以外的其他民族的先民，如藏族、彝族、纳西族等。《诗地理考》曰："羌本姜姓，三苗之后，居三危，今叠、宕、松诸州皆羌地。"叠山属甘肃南部，与岷山相接；宕指今陇南宕昌县，与岷江相近。

根据《魏书》及《周书》记载，西晋永嘉元年（公元307年），羌人始建宕昌国。宕昌国都城就在今宕昌城关镇旧城，是中国十六国末期至南北朝期间羌族所建立的政权，史籍第一位有记载的首领是梁勤。宕昌国历时142年，共传9代12主。《北史·宕昌传》记载，国土"自仇池以西，东西千里，席（藉）

水以南，南北八百里。地多山阜，人二万余落（户）。"由此可见宕昌国土面积鼎盛时期覆盖陇南武都、文县、西和、礼县以及甘肃岷县、舟曲、卓尼等地。

陇南是古代氐文化最原始的活态传承区。《武都县志》记载："陇南武阶，古为白马氐聚居之地。""至唐代宗广德二年（公元764年）武都没于吐蕃达百年之久。懿宗咸通八年（公元867年）收复时，世居武都之氐大部分汉化了，少数随羌藏化了。"在文县铁楼藏族乡和石鸡坝乡十八个白马人山寨传承和保存着丰富和独特的民俗文化，根据其文化形态，专家认为这一万族人是古代氐族的后裔。据《史记·西南夷列传》《汉书·地理志》《三国志·魏书》《北史·氐传》《华阳国志》和《括地志》等古籍记载，西汉水、白龙江流域及涪水上游，是古氐原始分布所在。魏晋南北朝时期，氐人曾以陇南为大本营，建立过仇池国、武都国、武兴国，阴平国等地方政权。白马人世代聚居在交通闭塞的高山密林地区，长期与世隔绝，至今延续和保留着氐人的文化习俗，被学者称为是罕见的民俗文化大观园和氐文化的活化石。甘肃省社会科学院"白马文化与旅游扶贫课题组"认为，"这些白马人民俗文化具有奇特性、唯一性和不可替代性"。白马人能歌善舞，他们的歌声贯穿在生产生活之中，有敬酒歌、劳动歌、舞蹈歌、祭祀歌、婚娶歌、休闲歌、情爱歌等。白马人舞蹈种类多样，许多舞蹈兼具祭祀性、仪式性、自娱性等多重特征，其舞蹈"池哥昼"于2008年入选国家级非物质文化遗产名录。中国社会科学院中国少数民族语言研究中心副主任孙宏开研究员说："把白马语和藏语、羌语进行初步的比较研究发现，白马语既不是藏语方言，也不是羌语方言，白马语是一个独立的语言，他的语言成分非常复杂。"白马人还有以讲故事为内容的"烤街火长节"，以及隆重的祭祀活动和奇特的婚俗习惯等。白马人民俗文化具有人类学、宗教学、民俗学、考古学、艺术学等多方面的价值，是独一无二的民族文化遗产。

陇南是南北丝绸之路的桥梁和纽带。蜀道作为我国古代开发时间最早、存在年代最久、跨越朝代多、沿用时间最长、线路最艰险的古交通要道，曾在古代政治、经济、文化、军事和交通史上发挥过极其重要的作用。我们把甘肃通往四川的古道命名为陇蜀道。陇南有丰富的蜀道"交通遗存"，尤其是祁山道、陈仓道和阴平道在秦陇与巴蜀之间，起着关键性的连接作用，无论是从经济发展、行政建制或者交通要道而言，在历史上均占据极为重要的地位。祁山道起于天水，经天水郡、平南、小天水、礼县盐官、祁山、西和长道、石堡、汉源（西和县城）、石峡、成县纸坊、成县城到达徽县城，之后或南下经水阳姚坪翻越青泥岭到陕西略阳，诸葛亮六出祁山，两次就走的这条线路；或绕开青泥岭经徽县大河店、王家河、白水峡到陕西略阳。陈仓道途径陇南两当县、徽县后翻越青泥岭直达略阳、汉中。阴平道为名副其实的川甘捷径，早在汉晋时已经是阴平郡境内之陇蜀通道，三国时魏国大将邓艾经阴平道伐蜀成功走的就是这条线路。后来阴平道从文县继续沿白龙江河谷北上经武都、宕昌、岷县，最后抵达临洮（狄道），从成都直接通向陇西地区。陇蜀道成为大西北连接大西南的重要孔道，北方丝绸之路通过陇南进入南线，南方丝绸之路通过陇南进入北线。

陇南是中国乞巧文化之乡。乞巧是起源并流传于西和县、礼县一带的秦人遗风，传承千年，长盛不衰，是集崇拜、信仰、诗歌、音乐歌舞、工艺美术、劳动技能于一体的综合性岁时节令活动。每年农历七月初一前夜拉开序幕，七月初七晚上结束，经历七天八夜。整个乞巧活动分为坐巧、迎巧、祭巧、拜巧、娱巧、卜巧、送巧等多个环节。乞巧民俗的传承之久远、唱词之淳朴、歌舞之精彩、情感之真挚、仪式之完整、人数之众多在全国绝无仅有，是中国古代乞巧风俗的"活化石"。乞巧节是女子娱神自娱、学习交流的盛大节日，积淀了中华民族厚重的审美心理和传统美德。这一活动和古希腊文化中对女神雅典娜的崇拜有着年代相近、交相辉映的地方，显示出不同地域文明同样的精神追求和神灵敬仰。通过乞巧，姑娘们可以尽情展示美、鉴赏美、创造美，能促进家庭美满、邻里和睦。乞巧活动对女孩子健康成长和构建和谐社会有着积极作用，被誉为"中国女儿节"，得到了广泛的认同。

陇南高山戏是中国独特的戏曲剧种，于2008年被列入国家级非物质文化遗产名录。陇南高山戏最早出现在元末明初，至今已有600多年的历史。"高山戏"的舞台演出程序一般分为"踩台""开门帘""打小唱""演故事"等，其中"演故事"是高山戏的正式内容，其他表演如"圆庄""上庙""走印"等则带有明显的祈福、娱神和自娱等属性。高山戏的语言是地道的武都方言，生动活泼、幽默诙谐。唱词格式有七字两句式的对联体，有五字四句式的绝句体，有山歌体、律诗体等。大量衬词和灵活的帮腔形式构成了高山戏的演唱风格。高山戏伴奏乐器分为武乐和文乐，武乐有大鼓、大锣、四片瓦，文乐有"大筒子"、土琵琶、二胡等。

陇南红色文化资源丰富，分布广、类型多、品味高，蕴含着深厚的革命精神和厚重的文化内涵。土地革命时期的"两当兵变"，是中国共产党人在西北发动的较早的武装起义之一，在中国革命史上具有重要的历史地位。红军长征时期，中国工农红军第一、二、四方面军三大主力及红二十五军途经陇南,足迹遍布九县区,并组织了"成徽两康战役""摩天岭战役""悬马关战斗"等。宕昌县哈达铺镇成为红军长征的"加油站",增进了军队继续北上的信心。

古代陇南既是各种政治军事力量激烈争夺的战场,又是中原中央政权与西北少数民族接触交往的前哨阵地,各民族之间的抗争、融合、演进、变迁,逐渐形成了伏羲文化、秦早期文化、三国文化、乞巧文化、白马人民俗文化、陇蜀古道及茶马古道文化等文化现象。陇南地域文化鲜明厚重,具有源头性、融合性和丰富性。

迄今为止,还没有人对陇南文化做系统的、全面深入的研究,更没有人以文化散文的形式全面展示。2017年,我们邀请商震先生来陇南考察,为陇南文化厘清思路。年逾六十的商震先生欣然前往,不辞辛劳,数次来到偏远的陇南,跋山涉水,实地考察调研,并查阅了大量史志资料,精心创作出三部陇南文化散文集《蜀道青泥》《古道阴平》《氐人仇池》,对陇南历史文化的前世今生进行了深度剖析,回答了许多历史疑难问题,大胆提出了一些猜想。每部作品都有着以实地考察为基础的旁征博引,融学术与文学一体,呈现出了一个神秘神奇、美丽多姿、文化底蕴深厚的陇南,为陇南全域旅游发展和文旅融合提供了坚实的文化支撑。

商震先生热爱陇南,为陇南义务创作,几次感冒发烧,带病到山区考察,不断用文学的方式推介陇南,成为陇南名副其实的文化代言人。

在散文集《氐人仇池》付梓之时,感恩先生对陇南历史文化探究的辛勤付出,感谢先生在百忙之中为陇南文化树碑立传。

在此,谨向商震先生的大爱精神致以崇高敬意!

毛树林

2024 年 10 月

目录
CONTENTS

前　言　毛树林 / 1

第一章　仇池山上的野花 / 001

第二章　"大脚印"的玄机 / 027

第三章　来有迹去无踪的氐人 / 047

第四章　地胆天心说仇池 / 073

第五章　仇池国与《仇池国志》/ 117

第六章　深藏玄妙的仇池山 / 133

第七章　仇池山下的杜甫 / 151

第八章　苏东坡的仇池结 / 173

第九章　《仇池碑记》的猜想 / 197

第十章　诗词韵仇池 / 211

第十一章　西和县的宏大 / 235

第十二章　氐族或白马藏族 / 265

后　记 / 275

第一章

仇池山上的野花

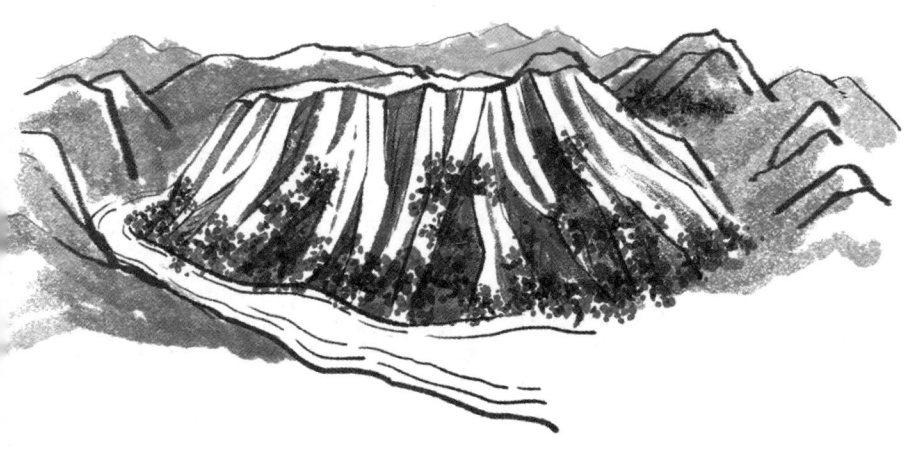

野花的自在,是无敌的。各种颜色、各种姿态,都无拘无束地展现出来,好像在诠释所谓自由:在适合的季节里,展示适合的自我。

第一章　仇池山上的野花

活过大半生，终于承认人的能力是有限的。有些事情，事先豪情满怀踌躇满志，甚至抱定坚决不服输、不服老的信念，当面对现实的残酷时，信念不过是一份理想化的空想。理想、空想、信念在不讲理性的事实面前，不过是被注射了兴奋剂的骗子。

2023年5月26日，我从北京飞广元，再到甘肃陇南的文县去。我去看朋友，看我热爱的文县山水。

2021年，在准备写《古道阴平》时，我试图从广元的青川徒步翻越摩天岭，从反方向走一遍当年邓艾偷袭成都的阴平道。陪我一起同行的有两位文县人，一位是文县文化馆馆长罗愚频，一位是文县文化馆干部李辉。我们一起从广元市的青川爬到了摩天岭，但我们没能贯穿阴平道，因为甘肃地面那一段没有路。邓艾大军留下的路，已经被野草淹没。后来，他们又带着我在文县境内走了几天，把文县或古文州的历史遗迹挨个看一遍，罗馆长慢条斯理地给我讲一遍。最后，李辉开车，罗馆长把我送到陇南市政府所在地武都区。

和罗馆长、李辉告别时，我郑重地承诺：《古道阴平》这本书出版后，我一定到文县来，给你们敬上几杯酒。2021年年底，

《古道阴平》出版了,但是疫情肆虐,我没能到文县给罗馆长敬酒。这次应邀再为陇南写一部关于氐人、仇池山、仇池国及西和县的历史遗存、风土民情的书时,我向邀请方提出,我要先到文县,先去敬罗馆长几杯酒,再去西和。邀请方同意了。

陇南市的文县和西和县相距300多千米,从北京去这两个地方的路线是不同的。感谢邀请方,满足了我的非分之想。

和罗馆长见面,谁都没说客气话,使劲握手,使劲拥抱。然后,畅快地喝酒。我们喝了很多酒,在座的朋友中有晕乎的,我和罗馆长始终都清醒着。

我们走阴平道结下的友情,可以终生享用。

酒罢席散,我回到了宾馆。

我站在窗前向外张望,像等待一位要来与我约会的人。邓艾?姜维?还是他们在文县时的斗智斗勇?

人有时只是发呆,看上去却像是在冥想,其实是大脑一片空白。

窗户的正对面是一面大山,是岷山的一段,文县人称作南山,南山下是白水江,因为夜黑,我看不到江面,却能清晰地听到水流的声音。

山比夜更黑,比夜更重,流水声在大山面前显得轻飘了许多。

江边的路上还有许多行人,我看到每一个人都很亲切。当然,我绝不敢走向前去对任何一个人说:我爱你。假如真去说了，我就会给外科医生找麻烦。

爱是双方认可的互动实践，不被认可的爱，只能算作单相思。我对文县人是单相思？如果能持之以恒地单相思，也算是不自量力的爱吧。

那么，我对邓艾是单相思吗？对姜维是单相思吗？我的心里，更喜欢邓艾，不喜欢姜维。

我是文县的过客，尽管我对文县的热爱，不比文县人差多少。

有人说，时间可以清除一切。我不这样看，在感情世界里，时间是无效的，除非是冲动带来的感情。比如：我现在依然热爱杜甫、苏东坡，还有邓艾。

睡不着。看着南山，听着水声，竟有了写诗的欲望。于是拿出手机，按出这样一串文字：

文州看山

宾馆对面的山
是岷山的一部分
文州人称作南山
山下是白水江
我没看到水面
只听到了流水声

> 我来文州看朋友
>
> 不看流水
>
> 本来也不想看山
>
> 可是每一位朋友都是一座山
>
> 稳定让我沉重
>
>
>
> 离开文州时
>
> 我把南山装在心里带走
>
> 留下白水江
>
> 让水无趣地流淌

第二天一大早,罗馆长、李辉等朋友领着我去吃豆花面,并说头天晚上喝了酒,第二天早上吃一碗豆花面可以解酒。我开玩笑地说:好不容易喝下去的酒,为什么要解掉它?

吃完豆花面,我就要到西和县去,到仇池山去,当然,中午要在武都吃饭,原陇南市文旅局长毛树林和宕昌的文旅专家马昱东在武都等着我,他们要和我一起去仇池山。

坐在车上,我就开始念叨从文县到仇池山的300多千米的路程,要翻过高楼山,穿越米仓山,再爬上仇池山,还要在仇池山上转来转去。随后就有点儿心虚,我这身体行吗?正想着,文县的一位朋友发信息给我:注意身体,多休息,少喝酒,爬山别逞能,毕竟是60多岁的人了。我立刻想起廉颇不服老的那句话，给这位朋友回复：老夫尚能日食斗米，双臂晃一晃尚有千斤之力！朋友回我一个鬼脸加一个龇牙的表情。

日食斗米，双臂有千斤之力，廉颇的这番话也是吓唬人的理想，我更是。

在当下，知道仇池山的人并不多，知道仇池国的人也不多，知道氐人历史及建立仇池国的人更不会多。我此行的目的，就是把我眼中的仇池山、仇池国及氐人的历史变迁呈现出来。

我双臂晃一晃，问自己：我行吗？

别说理想的话，上山吧。

仇池山只有一条大路可以通往山里，显然仇池山是易守难攻的堡垒，是弱者建立政权的理想之所。

五月的仇池山，遍布着一些不知名的花草，几个朋友拿着手机对那些不知名的花拍照，再去查对花的名字。很遗憾，大多是查不到的。看来设置花草查询的机构，没有派人来仇池山考察，没有把仇池山的花草输入在查询条目里。

野花的野，在于它的开放性，在于大胆地纳日月精华、接天地灵气。人们喜欢野花，大抵是喜欢它奔放的性格。至于有人把野花赋予特指的含义，我就不做评论了。总之，人们想要表达一个特定内涵的说法时，就要在自然界找到一个对应物。人们只取自然对应物的某个方面，只需一点相似，不求整体相同。

"路边的野花不要采"，谁都懂得其中的野花是什么，野花的委屈人类却不予理睬。野花不被蜜蜂甚至苍蝇采蜜，如何传授花粉？如何传宗接代？放出各种诱人的色彩，摆出各种妖娆的姿态，不是放荡，是等着可望而不可即的爱情能结出明年继续发芽的种子。

曾经有一首很流行的歌曲，叫作《老鼠爱大米》，这首歌的歌词我一句也没记住，不过有位诗人反其道，写了这样几句："（大米爱老鼠）你不来吃，我就发芽；再不来吃，我就开花给别人看。"我认为，大米"开花给别人看"，并不具有野花的属性。大米等不到老鼠来吃，就要开花给别人看，应该是个人的欲望伸张而已。

野花没有功名利禄的诉求，没有攀比与争风吃醋的手段，这一点远比人类纯洁、比人类高尚。

野花无名，野花不需要名字。只有人类才需要名字；只有人类才为了获得一个响亮的名字不择手段地去明争暗斗、去搏杀。

人类给花草等自然物质取名字，无非是想证明人类是地球的主宰者，无非是想从花草身上榨取所需的利益。

野花的自在，是无敌的。各种颜色、各种姿态，都无拘无束地展现出来，好像在诠释所谓自由：在适合的季节里，展示适合的自我。

在纷乱无序的社会里，想出个大名或名噪一时，并不困难，只要敢发挥"豁出去死不要脸"的精神就行；但是，那些能出名却选择隐名的人，才是懂得淡而雅，才是砥柱中流的英雄。

无名是野花,有名而隐名,是更香的野花。

我们一行人,一路欣赏着野花,一路走到仇池山的最高处:伏羲崖。

既然称作"伏羲崖",是否与伏羲有关呢?有关!仇池山如何与伏羲有关联,咱们后文再叙。

伏羲崖上有一座"伏羲殿",是道家的场所,伏羲殿里只有一位师父,是一位年已85岁的道姑。这位老人家,身体硬朗,精神矍铄,有一双爱憎分明的眼睛。能够做到爱憎分明,足以证明她历尽沧桑。她27岁丧夫,随后出家为道姑,历经辗转,最后回到家乡,在仇池山上创建了这座"伏羲殿"。她有着传奇的经历,也一定有令常人难以解读的故事。

这位年长的道姑,是朵野花,是仇池山最美的野花。

关于这位道姑的故事,我很欣赏和我一起登上仇池山的散文家赵殷女士的一篇文章。征得赵殷女士的同意,我把文章放在这里。

仇池道坤

赵　殷

登临仇池山,水泥路直通山顶,山路曾经的二十四隥、三十六盘及所有危险的关键词,都已经被新开修的大路碾压平整。

到山顶，天色晴朗。环视山峦，恍若坠入虚幻镜像，云萦烟绕，山隐水迤。幽静温馨的房屋，平展肥沃的土地，一声两声的人语，似乎都从远古传来。

一声犬吠，坡前走下来一位道坤老人，老人身体端直，脚步轻盈，面色凝重，双唇紧闭。老人家好像刚刚从另一个世界归来，风尘仆仆站在坡前，朝我们仔细打量，仔细确认，她诧异的眼神容不得我们开口说话。只听她慢声细语道："听到我的狗娃叫哩，原来是你们来了。"她半信半疑的神情，仿佛我们都是她久别重逢的亲人。

老人脚穿如意鞋，一身蓝色道袍盖及膝下，道裤裤口褶皱向里深卷，褶皱里的点点尘埃显得神秘莫测。

老人前行几步又回头说道："我今年87岁，在伏羲崖修道45年了。在你们上山的路上，想到我老了要受罪，才哭了一阵，才哭了一阵。"老人重复两遍才哭了一阵。我才注意到老人的精神状态有些黯然，眼泪未干，衣袖处有擦过泪水的湿痕，便上前拉住她的手，边走边与她攀谈，安慰了一会儿，老人才渐渐平静下来。

高处为伏羲殿，坐落于仇池山主高峰，伏羲殿不大，只有一间屋。伏羲殿前一高一低两棵柏树，树身缠挂红黄绸布，树枝与绸布随山风摆动，在伏羲崖发出"啪啪叭叭"的声响。老人手指大柏树，用近乎童声的语调说道："这棵大的是我用柏树娃娃栽活的，小的那一棵死了，是后来补栽的。"老人走到一丛还在开花的野马莲前说:"这七棵马莲,都是我用马莲娃娃栽活的,他们是陪伴我的七个真人。"我一惊,心想老人既有"七真"就有"六言"。便四下寻找,没有看到具体实物,心想老人家不指点,我一个外来者又怎么能看得到呢?

"45年前,我到仇池山的时候,这里就是一座山。那时候,我年轻,上山下山要步行,走到四川、陕西、山西、河南去化缘,花了几年时间修起伏羲殿,又走南闯北去化缘,塑起神像,修起一间寮房,三间客房,才安顿下来。"

我们给她两百元的香火钱,她坚决不收。"你们出门在外,路上也要喝水吃饭呢。"在大家的再三劝说下,她才收下了香火钱。

老人走到殿门前蹲下来,两手哆嗦着打开门槛下边的黄铜锁,进殿给大家每人两根红香,敲响钵盂,我们恭恭敬敬地跪拜了人文始祖伏羲爷。

红香点燃的那一刻,我想到"如果你能够像观世音菩萨一样有大悲心,你就是观世音的化身。如果你能有大势至菩萨的大智慧,你就是大势至菩萨的代表。"想到这里,特意为道坤老人磕了三个头。

伏羲殿为西北传统的木架瓦房,门窗木框雕刻镂空花卉,画莲花、如意图案,门前放了一些大红大黄的手工绢花。殿内供三尊大神,中间一尊为伏羲,由红黄两层绸布护身,仅露一只炯炯左眼,就有眼观鼻、鼻观心的心无旁骛,又似有火焰从那只眼睛喷出。

原以为，仇池山的伏羲塑像是位少年，因为按照传说伏羲诞生于此，成年便去游历天下了。

在殿门口，老人手指暗红油漆涂抹的功德箱高声说道："这是贼打鬼的，我没有钥匙，打不开。"上前一看，功德箱用两把锁子紧锁。

我惊愕，问老人家如此清静的仇池山上怎么会有"贼打鬼？"

"怎么没有？我的两个徒弟，一个好的善的得重病死了，一个坏的恶的卷上钱跑了。"老人的声音似乎还停留在27岁，带着年轻女人声音的清脆。

这时候，我感到我的到来，不止寻山水，而是访至人。

伫立伏羲崖，下边是一道道陡峭的红砂岩，刀切似的山崖，仿佛从天上掉落沟壑的石林，站在仇池山的万丈深谷，随时等待集结出发。峰峦之上为起伏的土地。一片片蓝色白色的土豆花，一畦畦壮硕的苞谷林，一丛丛正在开花的紫槐白槐，叫不上名字的野花野草，飞飞停停的蝴蝶，一条条通向家园的蜿蜒小径，组成祥和安宁的仇池山。

半个月前，在抖音里看到，今年农历三月十六日，准提菩萨生日当天，西高山一带的信徒们独步仇池山，手举灯笼和色彩鲜艳的纸质绢花，在伏羲殿前边歌边舞，由一位声音空灵的妇女领唱古老的敬神曲《十炉香》：

第一章 仇池山上的野花

一炉的香上炉的钟

一个善人往前修

菩萨爷把门开

众生上香来

南无阿弥陀佛

众生上香来

南无阿弥陀佛

众生上香来

……

《十炉香》唱至"十炉的香十炉的钟,十个善人往前修"时,另一首社火曲子《十二月花》紧接着唱起:

正月里开花开的是什么花呀?

正月里开花开的是看灯花。

看灯花开得红呀,观世音菩萨。

看灯花开得红呀,观世音菩萨。

……

对照前后两组唱词,可以听出,在仇池山,一画开天的伏羲可以是道教神仙,也可以是观世音菩萨。既有"道"的无形无相,又是佛教"慈悲"的象征。

在殿前,我问老人家是哪里人?老人说道:"我是礼县王坝人,在香山修道15年。45年前的一天,我化缘从仇池山路过,碰到一个老人,老人家让我留在仇池山修道。我不肯,他就不让我走。"我问她:"是仇池山上的老人家吗?"她摇头说:"我留下来以后,走山过水去化缘,修起伏羲殿,就再也没有见过那个老人。"

"您是怎么想到出家的?"我小心翼翼地问她。她目光坚定地看着我,张开嘴唇,睁了睁大又圆的眼睛,两手相抱,缓缓蹲下,慢慢吸气呼气,用手弹了弹如意鞋面的香灰,长长地"唉"了一声。说道:"我27岁男人过世就出家了。"她说出这句话后,松开双手站起来,眼睛突然明亮,皮肤瞬间红润,好像年轻了十岁。

老人一蹲一站,前后判若两人。

站起来的老人自顾自地说道:"我17岁就结婚了,17岁再不结婚,就被国民党拉去杀了。"我疑惑,向她确认。她紧闭双唇,圆睁双目,用喉咙使劲"嗯"了两声。

"那一年,我27岁,男人35岁,在刘家峡水电站当主任,脑溢血走的,他走了,我丢下三个娃,出家大香山,就再也没有回头。"她说完,问我:"你是阿达人?""我也是礼县人。"她高兴地拉住我的手说:"还是老乡,我见到老乡了,我见到老乡了。"

我停了停,又问了她一个问题,"您丢下三个娃就走了?"她微笑着看着我答应:"嗯,三个娃。""您的心还是硬啊?"我提了提神,说出这句不太恭敬的话。不料,她看着我始终没有吭声。

第一章　仇池山上的野花

下坡就到了她的住处，小院种零星小菜，一溜土豆正在开花。菜园里有一红一白两只大公鸡。我们走到跟前了，两只大公鸡还是不动声色地站在原地。"这是我的公鸡娃娃，我不吃鸡蛋，只养公鸡，为打鸣叫我早起上香。"院中一株牡丹，已经长到半个院大，花期刚过，可以想象，几百朵牡丹花一起绽放，那是何等壮美！何等香甜！老人告诉我："这是我用牡丹娃娃栽活的，老树今年45岁，小的明年就一岁了。"

院坝放一口大钟，钟身底部画八卦图，中部画莲花、山水图。腰部刻写风调雨顺。一边写主持：韩兴梅。募捐者：韩兴梅、卫闻公、杨震林。道历四七一三年甲五月吉旦。一侧的莲花下面写有大钟制造商家的地址及联系电话。

老人看到大钟，着急地念叨："钟买回来时间长了，挂不起来，没有人帮我挂啊？"说完沉默几秒又说："这口钟一寸一千二百元，四万多钱买的。我上当了，你看钟上面是广告。"她手指大钟底下的一堆电话号码，懊恼地皱眉。

老人站在大钟跟前，重复说："没人帮我挂钟啊……"的确，大钟很沉，要挂起来有难度，但若有四五男子，也是一件小事。

院中一间简陋小瓦房，是老人的寮房，前边一排瓦房为客房，听老人说都是她化缘自建。寮房门框一边挂"西和县道教协会仇池山小组"的木牌子，门槛下边少一块砖头，露出一块砖头大的缺口。揭帘进屋，桌头卧只橘猫，猫看到来人，一跃从门槛下面的缺口跑掉了。

寮房烟熏火燎得雾气沉沉，火炕上陈旧破损的被褥叠得整整齐齐，炕后的墙壁上面挂各种装东西的塑料袋。炕头放火盆，盆中煨茶罐，我摸了摸柴灰，还没有凉透。寮房有堂桌，桌边堆积生活用品，有蒸蛋器、电饭锅、真空大米。新旧家什无一例外地被岁月染上无边的黑。

堂桌中央放香炉，香烟袅袅，香灰高至香炉边沿。老人拿起一根木棍，单腿上桌，挑开黑色墙壁上面的一半红绸布，露出半张观音菩萨画像，我仅看到菩萨一只手臂后面的多只手，老人手中的木棍就滑落下来。

老人下桌，虔诚地说："我在香山修行了15年，来到仇池山后，观音菩萨夜夜给我托梦，不让我睡觉，我就把她从香山接过来一起住，这才安然了。"

我看来看去，寮房内没有做饭的炉灶案板，没有蔬菜，没有水，只有两把小麻花，装在一只陈旧的塑料袋里。

我问老人："您老的生活用水，从哪里来？"她说："我到山下背水。"

看过老人家的土炕、土墙土屋。仰头见屋顶的根根房梁、木椽，被柴烟熏得温润柔和，其黑得均匀，包浆晶莹，宛如出自匠人之手。

再低头，回看老人的火炕、火盆、墙壁、炕席，已然没有了浮光，没有了锋芒毕露的贼光伪浆，只有在六十年的岁月里，灰尘、汗水、风雨、阳光、孤独的吟诵，与她日日交流对话，相互交融的自然光泽。

这光泽是老人用六十年的寂寞、恐惧、寒冷、病痛,可能还有饥饿,给她的寮房镀上的一层黑色光芒,这幽深的漆黑,使得这间简陋的寮房里的每一样物件,都呈现出幽光微弱,含蓄沉静,知足温和的道气。

出寮房,抬头见寮房顶野草摇曳,房顶从四面倾斜,有垮塌之势。老人无奈地说:"我没有力气了,下不了山,不能化缘了,塌就塌吧。"

临走,我又小心翼翼地问她:"这六十年里,您有没有想过早逝的丈夫?"

老人听到我的问题,屈膝蹲下,抱紧双腿,长"唉"了一声道:"啥时候才能把大钟挂起来啊?"

老人的答非所问,又一次告诉我,她已经不是六十年前,那个死了男人哀号的寡妇,那个三个孩子的母亲。她用一声悠长苦涩的"唉"再一次告诉我,她还是六十年前,那个叫韩兴梅的女人,她躲在仇池山,把自己藏起来,"晓看天色暮看云,行也思君,坐也思君。"而现在,她只是一个年华垂暮的出家人。

老人家看到我们要走,返回寮房,拿出唯一的两把小麻花,一定要送给我。我婉拒,她不肯。大家已经下坡上车,喊了我好几遍,她还是拉着我不放。

老人又给我讲了一遍,她27岁那年,男人死了,她丢下了三个孩子。

我问她"孩子们来看你吧?"她想了想说:"孙子有空了来哩。"

末了,她流着泪叹息:"我老了要受罪,我老了要受罪。"

面对孤独的老人,我很想再陪陪她,我还是离开了。

下山时,我在想,道坤老人是一个什么样的人?

她一生为情所困,是个有情之人,她给自己修起的那间简陋的寮房,也许就是爱情的避难所?反过来,她给公婆丢下三个年幼的孩子,从母亲的角度讲,她又是一个无情之人,那间寮房又存在自我逃避的嫌疑。

第二天,我特意早起,在西和县城买了一袋米、一桶食用油、一些烤馍零食,随大家又去了一趟仇池山。

当我把这几样食物送到老人的寮房,她看到我高声说道:"我不让你给我买吃的,你咋不听话呢?"她又拿出那两把小麻花塞到我手里,非要我拿上。这两把小麻花是老人家,唯一可以放多久就能放多久都不会坏掉的熟食,我还是在她一遍遍的真心面前,婉拒了她。

我们这次到仇池山,是来考察仇池山上与伏羲有关的传说与遗迹。

傍晚,夕阳染红天际,回望伏羲崖,仇池山小麦泛黄,杜鹃声声。道坤老人破旧的寮房,渐行渐远,渐远渐小。

关于道坤老人的故事,赵殷女士只讲到这里,我也没能力再补充。

仇池山上只有一个自然村,叫仇池村。我们来到村委会,和村委会的人聊天。我问:现在仇池山上还有仇池国的遗址吗?答:没有。我又问:有氐人留下来的遗迹吗?答:没有。但是地下肯定有。这里所有的地方都不能挖掘,国家保护着呢。

我扭头又望向漫山遍野的野花。

仇池山的地表上已找不到氐人的遗迹,也没有仇池国的遗址,但是,我们都确信,那些遗迹、遗址一定存在,它们也许就在野花的根部以下。或者,历史的遗迹像人类的痛苦一样,不遭到暴力挖掘,不会向他人诉说。

仇池山的野花,有氐人的DNA,仇池山的野花,有他处不具有的爱恨情仇,心里埋伏着刀枪剑戟和血泪交加。

第二天,我们又到仇池山的另一个山包探寻。在仇池村的一个入口处,我们发现了一座荒废的土地神庙,庙前竟然长着一棵粗壮高大的桑树。

我国有一句俗语:门前不栽桑。看着土地庙破败的景象,可以肯定,土地爷早就搬走了。是不是因为这棵桑树,土地爷才搬走的,我不知道,估计他们也不知道。

这棵桑树上结了密密麻麻的桑葚果,赵殷女士兴奋地采摘了一些,并呼喊我们加入采摘队伍。野桑葚,很甜,甜中带着酸，是正宗野果的味道。

我们又来到仇池村村委会，村书记等干部们给我们煮罐罐茶。

罐罐茶这种古老的喝茶方式，大约起源于春秋时期的秦国，如今仍保留在甘肃、陕西的部分地区。陇南的西和县、礼县应该是此方式保存得最完整的地区。这里的人们喝罐罐茶，不仅是为了品茶，而是一种生活方式。

喝茶聊天的时候，赵殷跑出去，摘了一束野花，各种色彩绑扎在一起，非常好看。她拿着递给我说：商老师，送你一束仇池山的野花！我接过来，捧在胸前，夸张地摆了一个给大家拍照的姿势，大家哄然而笑。

村支书热情地和我们聊着仇池山及仇池村的自然情况。这位支书长得敦实，神态憨厚，对仇池山的地表情况和仇池村的情况很是了解。他掏出手机给我看照片，并指出这个山洞在哪儿，那个山泉在哪儿。随后带领我们走出去，到现场观看。

我们来到"小有天"这个被杜甫写进诗里的地方。一个小山洞，有泉水流出，洞里有一小潭净水，洞顶有孔，一束光晃晃悠悠洒进潭水里，水面有光，似天光，又似水光。洞外顶部有"小有天"三个字，是标准的隶书，看上去就知道是现代人写的，我问了一句：谁写的？身边的人告诉我，是当地一位书法家十年前写的。

离开"小有天"，我们又走了一段很长的爬坡下沟的路，来到了"西石勺"。一处常年滴水的悬在山顶的滴水洞，常年滴水,洞底被水击打出一个勺子一样的石坑。"石勺"之名就是这样得来的。至于这个"西"字,我想是山的方位所得,或许东边还有一个"石勺",叫"东石勺"。后来得知,在山顶东北侧果然有一景,名曰:东水无根。

我看到"西石勺"的水,清澈无比,就蹲下洗了一把脸。水很凉,洗脸时,想起一位诗人曾在东海边洗了一把脸,然后写道:在海边洗脸,用了整座大海。那么,我现在洗脸,是不是用了整座仇池山?

仇池山到处可见刀砍斧削的峭壁,几乎是垂直的山崖,让人不敢走近。

站在悬崖边向下望去,西汉水像一条银线缠在山脚下。

一只苍鹰在我们脚下盘旋,这是我第一次俯视苍鹰。

毛树林对我说:仇池山从空中看,像一艘巨型的船,四周的山体都是笔直平滑的石壁,但是,山上有很平的坝子,有不间断的山泉,还有水井,还有可以煮出盐的土。我一边点头,一边想着:这样的山,正适合氐人在这里建立仇池国。同时,我想起了郦道元在《水经注》中也曾这样描述仇池山:仇池绝壁,峭峙孤险,登高望之,状若覆壶,其高二十余里,隘路若羊肠三十六盘,上有平田百顷,煮土为盐。

相传由郭仲产所撰的《仇池记》中,对仇池山做了更详细的描述:

现其上土下石,屹然特起,界于沧、洛二谷之间,有首有尾,其形如龟,丹岩四面,壁立万仞,天然楼橹。二十四隘路,若羊肠,三十六盘,周围九千四十步,高七里有奇。东西二门,泉九十九,地百顷。农夫野老,耕耘其间。云舒雾惨,常镇山腰,朝晖夕阴,气象万千。

村支书一边领着我们巡山,一边不断地伸手到野花与草丛中摘几棵野草。我们这群人看着他手里的草,一脸蒙。村支书说:这叫淫羊藿,现在很贵,收药的人就在山上等着,这样的青叶25元一斤。我们问:书记手里这些值多少钱了?书记说:5块钱吧。

回到村委会喝茶的时候,这一小把淫羊藿就摆放着在桌子上,我拿出手机拍照,发给一个小兄弟,并说:仇池山上的神草,服之可如醉如仙。不一会儿,小兄弟回复我:南北朝时期,有些牧羊人发现,公羊啃吃一种小草后,发情次数明显增多,公羊与母羊交配次数增多,交配时间延长,而吃其他野草则无此功效。有一次,陶弘景采药途中,无意中听牧羊人谈及此事,后经实地考察,认定这种小草具有壮阳的作用。由于此草能使公羊发情次数增多,陶弘景便给这种草取名为"淫羊藿"。

我看了小兄弟的回复,首先认定这小子研究过此类的药材,其次是我很生气,我在调侃他,想与他聊聊写意人生,他却跟我讲科学。我真想问问他:那个陶景弘自己吃了吗?体会过这种草的效果吗？哼，算了，懒得理他！

在满身流汗的时候，我用"西石勺"的冷水洗了脸，当时很精神，在村委会坐了一会儿，就开始浑身冷，接着就发烧、头昏。无奈，我们只好下山。

回到宾馆，我休息了一会儿，晚上，与西和县及从成县、礼县赶来的文朋诗友一起边喝酒，边聊天。他们都在为我提供关于仇池山、仇池国及氐人的一些信息。

实话实说，我写陇南的前两部书《蜀道青泥》和《古道阴平》，都是在朋友们的帮助下完成的。所以，尽管我还在发烧，依然不拒绝酒来酒往。

晚上，大家都担心我的身体，怕病情加重。我笑着说：没事儿，老夫尚能日食斗米，双臂晃一晃尚有千斤之力。朋友们也哈哈一笑。

我躺在宾馆里，一个朋友发来信息问：今天在仇池山看到了什么？我回复：野花。问：好看吗？答：好看。问：你采了吗？答：没有。问：为什么不采？答：野花是给众人欣赏的，我采走一枝，别人就少看到一枝，怕别人指责我不道德。问：你相信道德吗？答：我惧怕道德的力量。因为最喜欢使用道德力量的人，一种是政治家，一种是无知的人。这两种人都会使用道德的力量，而且他们一旦使用，就会有强大的破坏性。

静穆了一会儿，这位朋友又发信息问：写诗了吗？我答：正准备写。朋友说：写好后，能发给我看看吗？我：可以。

可能是体温还有些高,再加上咳嗽、流鼻涕,午夜过后仍然无法入睡。想了一会儿,就拿出手机,写了一首诗《仇池山的野花》。

仇池山的野花

仇池山上有太多的花
太多没有名字的花
它们是这座山上的居民
是芸芸众生

只有人类才需要名字
只有人类为了一个名字
欺世盗名
尔虞我诈

花不需要名字
只遵守春发秋落
像芸芸众生一样
完成草木一生

两天时间,我们也仅看了仇池山的十分之一。没看到的那些部分，只能留下遗憾了。嗨，人生不就是众多遗憾堆积起来的嘛！

下山，尽快下山，尽管心有不甘，也是无奈了。我正在发烧的身体，不允许我再在山上跑了，或者说，我的能力已经到了极限。要承认老，要承认输，要允许青山嫌弃自己，别让自己骗自己。

5月29日上午，我们参观了"西和县博物馆"，再一次熟悉西和县的历史，尤其是从那些出土文物中分析出古人的生活状态。

离开西和县的时候，汽车从仇池山下经过，我一直望向车窗外，盯着仇池山看，像当年杜甫经过仇池山一样。不过，我比杜甫幸运，我走进了仇池山，我爬上了仇池山，还要书写仇池山。

第二章 「大脚印」的玄机

《史记》中有很多篇都是司马迁采访的司马迁本人。顺便说一句,司马迁能完成《史记》,也一定是踩到过属于他的"大脚印",所以,司马迁才能"以我为主"地述说历史。进一步说,所有创造了历史的人物,都踩到过属于自己的、能孕育历史的"大脚印"。

第二章 "大脚印"的玄机

从西和县城去往仇池山的路上,要经过洛峪镇。

我就唠叨几句洛峪古镇吧。

在历史上,洛峪镇是陇南地区最早被命名及最早具有政府职能的地方。

先秦时期,洛峪镇一带为武都邑。汉武帝时,设立武都郡,郡址在今洛峪镇境内。

洛峪镇,古称"洛谷",地名源于洛谷水,今名洛峪河。《水经记·漾水》中有:"洛谷水,有二源,同注一壑。"显然,地名因水系而得。

古洛峪的历史,从先秦就已开始。西和境内与洛峪相距不远的西峪坪、宁家庄、缆桥等文化遗址证明,古洛峪一带在七八千年前就有人类活动。《开山图》《路史》等记载,仇池山又名仇夷山,传说是中华始祖伏羲诞生的地方。尤其是距洛峪只有十公里左右的缆桥遗址,已经被专家确认为殷商时代仇池氏族的生活遗迹。洛峪北面五十公里处又是秦国故都西垂。

魏晋南北朝时期,白马氏人杨氏建立仇池国,洛峪镇是仇池国重要的行政中心。

洛峪镇与我国其他古镇有很多相同的地方,但有两件事物是其他地区无法可比的。

第一，洛峪镇是最早的茶叶市场。《陇南风物志》（韩博文、陈启生著）记述："陇南地处甘陕川三省边界，历史上曾是重要的商贸码头。早在汉代，武都（今西和县洛峪镇）与成都同时成为中国最早的茶叶市场。"陈启生所著的《陇南地方史概论》同样论述了"古武都"即洛峪，是中国最早的茶叶市场。茶叶从四川沿青泥路、岐山道到达陇上的洛峪，进行贸易，从古代一直延续至今。宋代和明代曾由官方专门在今陇南、天水等地设立茶马互市机构对当地的茶叶等贸易进行管理。据《洛峪集泰山庙碑》记载，清朝同治年间洛峪仍为集市。近现代以来，洛峪的集市一直存在。今天的洛峪集市规模很大，货物种类繁多。有各种百货，这里设有本地山货、牲口市场、蔬菜水果市场、茶叶市场。近十几年，由于交通条件的大大改善和人民生活水平的显著提高，洛峪市场上的茶叶，一部分由云南茶叶取代了四川茶叶。

我在仇池村村委会喝到的罐罐茶，煮的就是云南的普洱茶。

第二，就是西汉皇帝使用的玉玺封泥是"武都紫泥"。《洛峪镇志》中注述："当时的武都郡地就在今天的洛峪"，以证明"武都封泥"就是取于洛峪附近。东汉蔡邕的著述《独断》、卫宏的《汉旧仪》中都记述，只有"皇帝六玺"才能用武都紫泥。孙慰祖《封泥发现与研究》一书明确指出："汉代封泥高下有别，武都紫泥为皇帝专用"。

当然，我也看到一些资料，说现在的武都、当时的阶州附近也有可能是"武都紫泥"的产地。不过，西汉时的武都只有洛峪，其他地方即使能产出紫泥，也绝不会称作"武都紫泥"。

我没见过可供皇帝封印的紫泥，但我在仇池山上及附近确实看到了金属含量很高的红土。

不仅是我没见过"武都紫泥"的"封泥"，整个地球上的人，见到过"武都紫泥"封泥的人也微乎其微。截至目前，现有存世的"武都紫泥"封泥，只有在日本东京国立博物馆收藏的"皇帝信玺"这一枚封泥，至今再也没有找到过。何况这枚封泥究竟是秦时还是属于汉代仍有争议。至于这一枚"武都紫泥"封泥为什么会在日本，我不说大家也知道，弱肉强食是社会的丛林法则。

稀世珍贵的"'皇帝六玺'专用武都紫泥"到底在哪里？现在只能在"纸上谈兵"。当年武都紫泥的具体开采地址到现在也是个谜。《阶州直隶州续志》卷十四《物产》中载："武都紫水有泥，其色紫赤而黏，贡之封玺，故诏告有紫泥之美"；《山川考证》："紫泥沟，州东六十里，旧属福津县地，山出紫泥，汉封玺书用此"；还有"柏林寺，另有古洞一处，内蕴紫泥，取之不尽"的记载。至此，武都紫泥已有"山出""水出""沟出""洞出"等各种说法。

好了，究竟武都紫泥出自何处，留给那些专家们去考证吧。

洛峪镇在历史上，还有一件事也值得说说，那就是战国时期秦国的附属国——西峪国。

西峪国，又名兴林国，是带有神话色彩的国家，其实也是历史现实中的国家，所辖地域主要在现在的甘肃省西和县和礼县一带。它开始是依附周王朝，主要以游牧为主，兼做农耕，势力弱小时，屈居弹丸之地；强盛时期，辖地盖及周边数县。

西峪国，是当时陇南氐人所建的一个小国，春秋战国时期，秦国崛起，今天的西和、礼县是秦国的腹地，氐人的聚集区政权西峪国成了秦国的附属国，辖今西和县北至石堡、南至太石河、礼县石桥以南的下四区一带，秦始皇统一全国后，西峪国一带被称作西县。西汉初年，西峪被纳入汉王朝版图，但当时的氐人部落实行的是酋长管理制，所以，所谓"国"，不过是一个大部落，并不具备国家功能。

西峪国是不是氐人独自建立的政权？我不敢说，因为没有史料来支撑。

《魏略·西戎传》载："氐人有王，所从来久矣。自汉开益州，置武都郡。"可见，氐人实行的是部落族长制。那么，当时武都郡的郡治洛峪镇，应该还是氐人的聚居区。

至此可以推断，陇南地区最早的政府机构是在洛峪镇，而洛峪镇又是氐人的聚居区，也就是说，氐人是最早接受中原文化的民族，是最早与华夏人融合的民族。

那么，氐人是什么时间迁徙到洛峪的？因为什么变故让这个西部民族，来到华夏人的居住区从事农耕的呢？这个话题有点大，故事也有些长，主要是我并不是民族学家，恐说多了会贻笑大方，故此，这个问题就留给有兴趣的朋友自己去找答案吧。本来就是"江山留给后人愁"的。

不过，我可以提供《山海经》中几句关于氐人的记载。读者朋友最好别信。

《山海经·大荒西经》中有这样一句："有氐人之国，人面鱼身，炎帝之孙，名曰灵恝，灵生氐人，是能上下于天。"若按此说，氐人不是少数民族？或者炎帝是氐人？

《山海经·海内南经》："氐人国在建木西，其为人人面而鱼身，无足。"

这两句是说：氐人是人面鱼身，炎帝的后人；炎帝的孙子名叫灵恝，灵恝生了氐人，这里的氐人能腾云驾雾上下于天地。这个国家在建木以西。建木是山林茂密的地方。

山高林密的建木是哪儿？会不会是仇池山？仇池山在《山海经》等历史文献中被称作常羊山。

西和县籍的地方文化专家赵子贤先生在20世纪30年代曾经撰写一篇《刑天葬首仇池山说》的文章，论证了"常羊山"即仇池山。他认为《山海经》之言"常羊山"在西经，与仇池山方位相吻合，《山海经·大荒西经》中说："有金之山，西南大荒之中有'偏句常羊山'。"西和县与礼县交界地带有金之山。《山海经》把常羊山与"金之山"并提，说明两山距离较近。他还据《帝王世纪》考证，常羊山地属华阳，而仇池山古代属华阳之域。仇池山古代又称"仇夷山"和"仇维山"，"仇池""仇夷""仇维"与"常羊"的上古音相同或相近。根据上述理由，赵子贤先生充分肯定了常羊山就是仇池山。在赵子贤先生研究的基础上，其子赵逵夫教授又几次撰文考证常羊山即仇池山。他指出仇池山上古时期名为常羊山，后来因为音变而为仇池山。

好了，关于上古音变的事儿，我也是外行，不敢多言。

《山海经·大荒西经》中有这样一句："大荒之中，有山名曰常羊之山，日月所入。"

用现代汉语去表述是：有座常羊山，是太阳和月亮升起与降落的地方。

我是否可以这样说，氐人是炎帝的后代，原本就是华夏人的一个部落，住在靠山近水的地方。

我这样说，不知民族学家们会不会抡着拳头要捶扁我？

另根据部分史料及民间传说，仇池山地区包括洛浴镇，可能是被视为人文始祖的伏羲出生地。

伏羲，华夏民族人文先始、三皇之一，亦是福佑社稷之正神，同时也是我国文献记载最早的创世神。风姓，燧人氏之子。其名又写作宓羲、庖牺、包牺、伏戏，亦称牺皇、皇羲。史记中称伏牺，后与太昊合并，在后世被朝廷官方称为"太昊伏羲氏"，亦有青帝太昊伏羲（即东方上帝）一说。

伏羲的出生地有多种说法，且每一种说法都能找到佐证。这是我国神话故事的特点之一。

第二章 "大脚印"的玄机

比较被大家认可的是：伏羲出生于成纪，即今天的天水。但是，在历史上很长一段时间里，成纪的区域范围是包括现在的陇南礼县、西和县北部地区的，也就是仇池山和洛峪镇都在成纪的行政区划之内。那么，我们接着再找伏羲出生地的证据，《山海经·海内东经》说："华胥履大人迹，于雷泽而生伏羲。"汉代成书的《诗纬含神雾》中有："大迹出雷泽，华胥履之，生宓羲。"皇甫谧撰写的《帝王世纪》中也说："燧人之世有大人迹出雷泽，华胥以足履之，有娠，生伏羲，长于成纪。"晋之前的一部地理志《遁甲开山图》中有："仇夷山（即仇池山），四绝孤立。太昊之治，伏羲生处。"

好了，我们要先找到"大人迹"和"雷泽"，才能确定伏羲的出生地。

《山海经·海内东经》道："雷泽中有雷神，龙身而人头，鼓其腹。在吴西。"哦，雷泽在吴地的西方，水中有"龙身而人头，鼓其腹"的鳄鱼。太含糊了，吴地之西地域广阔，有鳄鱼的水域实在太多，我们真的无法确指。那么"大人迹"呢？就是大脚印，好像并不多见。

我们从西和县驱车赶往仇池山，我问身边的诗人陇上犁："洛峪这个古镇，还有什么古迹遗存？"陇上犁说："古迹没有了，不过在洛峪河的一处岸边有一个大脚印。"我说："走，咱们去看看。"

陇上犁带着我们找到了这个大脚印，这个大脚印长约50厘米，宽约 40 厘米，五根脚趾清晰可辨，与我们的脚型无异，除了大得离谱，其他都很逼真，不像是人工所为。我看着这个大脚印开玩笑地说："按着这个脚印推算，留下脚印的人，身高应该有五米以上。"同行的马昱东把自己的两只脚都踩了上去，我当时还暗暗为他担心，怕他会怀孕。后来一想，这个大脚印只为孕一人，其他人大概不会再有孕了，不然，那些不孕不育的人，就不用去医院，直接来踩这个脚印就行了。

这个大脚印是不是"大人迹"？是不是华胥踩过就孕育伏羲的"大人迹"？

看几个神话传说。

第一个：相传上古时代，华胥国有个叫"华胥氏"的姑娘，到一个叫雷泽的地方去游玩，偶然看到了一个巨大的脚印，便好奇地踩了一下，于是就有了身孕，怀孕十二年后生下一个儿子，这个儿子有蛇的身体和人的脑袋，取名为伏羲。

这个传说也仅限于传说，因为没有具体的故事，素材完全来自《山海经》中的"大人迹"与"雷泽"，是《山海经》的口语版。

第二个：伏羲的母亲名叫华胥氏，是一个非常美丽的女子。有一天，她去雷泽郊游，在游玩途中发现了一个大大的脚印。出于好奇，她将自己的脚踏在大脚印上，当下就觉得有种被蛇缠身的感觉，于是就有了身孕。而令人奇怪的是，这一怀孕就怀了十二年。后来就生下了一个人首蛇身的孩子，这就是伏羲。

当地人为了纪念伏羲的诞生,特将地名改为成纪,因为在古代,人们把十二年作为一纪。

第三个:仇池山有伏羲崖,位于西和县大桥乡仇池山最高峰西侧。伏羲崖腰部有一穴,名伏羲洞,传说为伏羲的诞生地。相传古代,仇池山东崖有一幽深险怪的"仇池穴",当地人叫"麻姑仙洞",洞里住着华胥氏姑娘。

一天,华胥氏觉得心慌意乱,便下了天桥,溯西汉水而上,到了山水幽美的洛峪河边。她正玩得开心,忽然在河滩发现一个大人的足迹。由于好奇,便去踩这个脚印,脚刚踩下去,觉得心有所动。返回仇池,身怀有孕,后生子叫伏羲。

这三个传说,我愿意采纳第三个,因为这个传说具有神话色彩了,有情节了,人物、地理位置、故事的发生与结局都具备,是有创作的。更因为,我现在要完成的这部作品就是写仇池山。所以,请原谅我的狭隘与自私。

可信吗?如果按科学的观点去考据,这些神话绝对不可信。但是,按着科学的观点去考量文学甚至艺术作品,文学艺术都不可信。比如"黄河之水天上来""飞流直下三千尺"等,所以,艺术作品不可以用严谨的科学观去考量,或者说艺术的天敌是科学。不过,请放心,大多数科学家都看文学作品,都听音乐,都欣赏舞蹈和雕塑。

好了,我们既然在洛峪河边找到了"大人迹",是否就可以断定伏羲出生在仇池山?不能!如果凭着一处大脚印就下结论,那么，伏羲身上的神秘色彩岂不要减弱许多！

我们依然要不反科学地下结论，此处，仇池山、洛峪，也许、可能是疑似伏羲出生地之一。

如果伏羲在仇池山出生，那么女娲呢？伏羲和女娲在哪儿过的日子？

关于女娲的传说有很多，最不可取的是，说伏羲与女娲是亲兄妹。《后汉书人表考》卷二引《春秋世普》曰："华胥生男子为伏羲，生女子为女娲。"如果伏羲和女娲是亲兄妹，那么我华夏人岂不都是近亲结婚所得的后代？按照医学常识，近亲所生子女岂不都是傻子？如果华夏人都是傻子，"四大发明"怎么来的？孔子、老子、庄子等怎么诞生的？

所以，我还是本位地选择与仇池山有关的传说。反正传说不是历史，反正我们看到的历史也不是真实的历史。

且看伏羲与女娲在仇池山的传说。

伏羲长大后，一天在仇池山巅游玩，忽然望见吴家山（仇池的一个小山峰）有一与自己相似又不同的人在活动。

伏羲走近一问，此人名叫女娲，伏羲便向女娲求婚，女娲甚觉羞怯，不肯答应，但又不好拒绝，便想出了一条妙计，她对伏羲说："你我各抱一块磨扇，分别从杨家山和吴家山（按：两山均在仇池山，互相对峙）向下滚。磨扇合拢，我二人成婚，如磨扇各滚东西，我们就各奔前程。"

伏羲同意这个提议，二人依计而行。磨扇果然合拢。至今这两块磨扇还严口密缝,矗立在仇池山吴家沟。伏羲要求成亲,女娲总觉得难为情,又生一计说:"我在吴家山头拿一针,你在杨家山头拿一线,飞线穿针,如线能穿过针孔,可做夫妻,不然就作罢。"

想起一首老旧的情歌《四季歌》中的一句歌词:"小妹妹是线郎是针,郎呀,穿在一起不离分。"这句歌词是演绎伏羲与女娲的故事?

伏羲又依计而行,果然如愿以偿。二人遂结为夫妻,成了人文始祖。所以这一带人又叫伏羲为"人祖爷",把仇池山最高峰命名为"伏羲崖"。

这个传说,创作性很强,或者说就是为了给仇池山编故事而创作,不可能真实,也不必彻底否认。天下所有的风景,并不是山清水秀,而是那里人物、故事迷人。

女娲的传说故事和伏羲的传说故事一样多,因为人类的所有创造、发明和生活经验都要归结到这些人文始祖身上,为了有说服力,为了给后人学习生活提供榜样。

有一个传说,我相信。据说现在夫妻面对面交媾是女娲给确定的,为了和动物交配有区别。面对面交媾为了有情趣,而不像动物交配只为繁衍后代一个目的。因为女娲的这一项改革,人类才有了爱情,有了耳鬓厮磨、卿卿我我、缠绵缱绻,有了肝肠寸断、悲悲切切、凄凄惨惨戚戚。

女娲抟土造人是尽人皆知的故事,熔彩石以补苍天也是家喻户晓的传说。女娲造人时一定很累，所以在精神专注的时候，造的人就精致些，精神疲惫时造的人就粗糙些。于是，我们街上走的人才形形色色、林林总总。至于炼彩石补天嘛，我还真没有能力抒情，因为我对天上的事，敬畏有加，不敢妄言。只知道《红楼梦》里的贾宝玉是一块补天剩下的顽石，也就是无法熔炼，不堪用的石头。

不讲玩笑了，回到仇池山的话题。

既然伏羲与女娲在仇池山过日子，难道女娲也是仇池山的人？

女娲是哪儿人，传说很多，遗憾的是大多和仇池山没关系。既然找不到女娲与仇池山的渊源，我也就打住了。不过，刑天葬在仇池山，我找到了依据。

《山海经·海外西经》原文："刑天与帝至此争神，帝断其首，葬之常羊之山，乃以乳为目，以脐为口，操干戚以舞。"

文中的"帝"是黄帝。译成现代汉语是这样：刑天和黄帝争夺神的位置，黄帝砍下了他的脑袋，把他的头埋葬在常羊山。于是他用乳头当作眼睛，用肚脐当作嘴巴，拿着盾和挥舞着斧头，继续与黄帝战斗。

刑天为什么要和黄帝争"神位"？《山海经》是这样讲的：刑天是炎帝手下的战将，武艺高强，勇猛善战。在炎帝与黄帝争夺谁是天下老大的战争中贡献非常大。可是炎帝在阪泉战败了，只能退居南方。刑天不甘心，他联合蚩尤部落继续对抗黄帝。蚩尤兵败被杀，刑天也被黄帝斩下头颅。

这又是一段神话、神奇的故事。

记得小学时学过《刑天舞干戚》的课文，老师告诉我们，这篇课文的中心思想是：要敢于和霸权主义作斗争，要向刑天学习，头可断，血可流，反抗的精神不能丢。学了这篇课文后，刑天的英雄形象就一直深植在我心里。

我也读过陶渊明写的《读山海经》那首诗："精卫衔微木，将以填沧海。刑天舞干戚，猛志固常在。同物既无虑，化去不复悔。徒设在昔心，良辰讵可待！"

陶渊明和我一样，很欣赏刑天，但是，我俩谁也没有能力向刑天学习。不过，陶渊明还是比我强，写了一首诗，我连一个慨叹声都没发出过。

我手中有一本《话说仇池》的自印书，所谓自印，就是没有出版社书号或专业一点儿说，是没有图书在版编目（CIP）数据的书。这本书中有一节的小题目是《刑天神话的背景在陇南》，文中论述说，刑天就是陇南武都（今西和县洛峪镇）人，而且是氐人。

《山海经》中描述的远古神话中的氐人，和后来的现实中的氐人是同一族群吗？我保持怀疑。

因为《话说仇池》中这段论述，我无法获得确证的史料来支撑，我就不在这里转引原文了，也就不再讨论。

我在仇池山没有找到刑天的葬身之处，但是，我突然想：为什么叫仇池山？和刑天有关吗？当地人自古相传至今的仇（chóu）字读音，是在诉说刑天的仇恨？仇池，是仇恨的池潭，仇恨的海洋？或者，从胜利者黄帝的角度讲，是说那是一个埋葬了对手和仇敌的天池？

是反抗者刑天对黄帝有仇恨，还是黄帝对刑天有仇恨？或者互为仇敌，最后都集结在仇池一山？

我不会编造神话，这几句纯属拟想。

我在翻阅清代乾隆时期的《西和县志》时，发现一位居住在仇池山的神仙。该神仙名叫：仇生。"仇生，周时人，居仇池。池为三十六洞天之一。后仙去。山又名仇维。"周朝一代，因周文王著有《易》，导致社会上道家盛行，且崇尚神仙。这位仇生，大概就是隐居在仇池山上著名的神仙。西汉的史学家刘向在《列仙传》里，把仇生描写得彻底神化，说他身体像一棵笔直的大树，年年发新绿，越活越年轻，简直就是逆生长。

这位叫仇生的神仙，只留下名字，并没有留下什么故事，只说在仇池山上修行，却没有留下修行的处所位置。

不过，仇生在周朝时就在仇池山修行，倒是给我带来了新问题。仇池山一带原本不是氐人的居住地吗？道士仇生在山上修行氐人知道吗？同意吗？仇生在仇池上修行的事，是谁传扬出去的？难道商周时期仇池山一带华夏人与氐人就杂居？我不得不大胆地猜测：仇池山地区在古代，也就是商周时期已经存

第二章 "大脚印"的玄机

在着两种不同属性的文化体系,即华夏文化与氐人文化。

由此,我想到那句论断:氐人是最早与华夏人融合的少数民族,不是之一。现在应该肯定这句论断是准确的。

氐人是最早实践农耕生产的少数民族是准确的,最早放弃游牧生活,选择定居,半放牧半农耕,是有史可查的。《西和县志》上明确地说:氐人是土著。

氐人是土著,那么华夏人就是外来者。直到春秋时期,秦人强大后,才把氐人政权纳为附属政权。

从仇池山下来的时候,我问陇上犁:"咱们西和县还有氐人吗?"陇上犁说:"没有了。西和县周边也没有了。"我接着问:"仇池山地区的氐人去哪儿了?"陇上犁说:"历史上迁徙过几次,最后的迁徙在史料上没有记载,不过倒是有个传说。"讲来听听。陇上犁开始讲故事:"传说三国时,诸葛亮伐魏,驻军在西和,怕氐人造反,给他捣乱,就让氐人迁出西和。并对氐人说只迁出一箭之地。氐人相信了诸葛亮的话,就等着诸葛亮这一箭之地。诸葛亮让士兵拿着弓箭从西和县排队直到文县铁楼,一人一箭,最后一箭落到今天的铁楼镇,也就是你去过的铁楼白马乡。氐人上当了,他们不知道诸葛亮的一箭之地,是一个军队士兵的一人一箭。"听了这个故事,我大笑不止。我在想象着诸葛亮的士兵排出三百多公里的长队是什么样,想象着氐人上当后的反应是什么样。

这个故事当然是胡编乱造的。

据史载,从西汉至三国,氐人经历了两次较大的迁徙。

第一次是公元前108年(汉武帝元封三年)。公元前111年(元鼎六年),汉武帝刘彻开拓西南境,遣中郎将郭昌等攻灭氐王,置武都郡。创郡立县后,氐人受排挤,便向境外的山谷间移动。公元前108年,"氐人反叛,遣兵破之,分徙酒泉郡。"(《汉书》)

第二次迁徙是发生于219年(东汉建安二十四年)。东汉末,群雄割据,争战连年。氐人居住区介于曹操、刘备两集团之间,往往成为两者争夺人力物力的对象。氐人亦乘机而起,在武都地区形成四股势力:一是兴国氐王阿贵,居兴国城(今甘肃省秦安县东北);二是百顷氐王杨千万,居仇池山(今甘肃省西和县西南,一说成县西北);三是下辨(或作下辩,治今甘肃省成县西,时称武街城)等地氐帅雷定等七部(各氐王皆拥有氐众万余落);四是河池(治今甘肃省徽县西银杏镇)附近氐王窦茂,拥氐众万余人。211年(东汉建安十六年),阿贵、杨千万等随马超反曹操。越两年,操命夏侯渊西征。次年,灭阿贵,杨千万率众投马超,随马超南下入蜀,投奔刘备。其部落不能去者皆降于曹操,曹操对被征服之氐人区别对待,"前后两端者",徙置于扶风、美阳;"守善者",分留天水、南安界。215年(东汉建安二十年),曹操领兵征讨汉中张鲁,自武都入氐人居住区,氐人塞道,被曹操遣将击破之。曹操自陈仓出散关至河池，窦茂率众据险抵抗，为曹操攻灭。次年，夏侯渊"还击武都氐羌下辩，收氐谷十余万斛。"（《后汉书》）219年（建安二十四年），曹操至汉中，夏侯渊已被刘备所杀，武都孤远，恐氐部为备军所用，遂令雍州刺史张既至武都，徒氐人5万余落出居扶风、天水二郡界内。

两次迁徙，只是迁走了氐人的一部分，仇池山地区依然是氐人的大本营。不然，后来的"五胡乱华"及仇池国等，就无法说通了。

但是，西和县及周边已经没有氐人踪迹是事实。

铁楼镇的白马人真是从仇池山地区迁徙过去的吗？我也不得而知。

我们回西和县城的车子又路过"大脚印"的地方，谁也没提议下车，都不约而同地向河边的"大脚印"处看了看。

无论是对大自然遗迹还是历史遗迹，我们都不要太热烈、太喧闹。大自然和历史，都需要安静，都需要休养生息。喧闹过度，大自然和历史，就不对我们说真话了。

伏羲、女娲、刑天、道家的神仙、氐人，是不是同一时期生活在仇池山地区？如果是，那么后来是氐人把华夏人赶走了？史料上记载，氐人是从青海和四川西部迁徙到陇南地区的，氐人到仇池山地区时，有伏羲、女娲的后代华夏人吗？如果华夏人早就生活在这一地区,为什么氐人是土著?

追溯是逆访,而逆访是一件非常困难的事;但是,如果逆访不是针对确指的人与事,又会变得很轻松,甚至可以变成我访我。

《史记》中有很多篇都是司马迁采访的司马迁本人。顺便说一句,司马迁能完成《史记》,也一定是踩到过属于他的"大脚印",所以,司马迁才能"以我为主"地述说历史。进一步说,所有创造了历史的人物,都踩到过属于自己的、能孕育历史的"大脚印"。

我再悄悄地说一句,在洛峪河边,我也偷偷地踩过那个孕育伏羲的"大脚印",只是踩过之后,我羞涩了好一阵。

第三章

来有迹去无踪的氐人

氐族有自己的语言,也曾有过文字,但是氐族在划分民族的时候消失了。这个曾经改变过华夏大地历史进程的民族哪儿去了?这个建立过几个国家政权的民族哪儿去了?

第三章 来有迹去无踪的氏人

众所周知，我国现在有56个民族，这56个民族里，没有氏族。

事实上，我国不止56个民族，而是400多个。

那么，为什么最终在划分民族的时候，会变成56个呢？

关于民族的说法或民族的称谓，严格地说，是在近代才开始产生的。历史上虽然也有民族的说法，不过在古代，民族的含义与今天的含义大有不同，也并没有今天这样具体。一个民族的发展和衍生是有许多原因的，有些民族的形成要经过许多次分分合合，包括相同民族之间的不断分裂，形成新的民族，甚至产生新的语言、风俗、习惯，等等。比如衍生出十几个民族的羌族，目前生活在我国云南、四川的一个比较大的民族彝族，就是由羌族衍生出来的。

这就导致中华人民共和国成立初期，在统计民族的时候总共产生了400多个民族，其中光是云南一个省份就上报了260多个。

按照古人的划分方式，最初在划分群族的时候，人们是按照生活的地域来划分的。早在唐朝时期，朝廷对民族就有了一定程度的认知，不过当时没有现在这样细化。比如"西南夷"指的是居住在距中原地区偏远地方的西南地区和南方地区的族群，并没有确指是哪个民族。

在唐代，胡人是西部和北部地区民族的统称。唐朝的政权顺利消灭了突厥的政权以后，开始接收突厥的领土。因为唐朝皇帝对突厥的地理和人文都不太熟悉，为了更好地统治这些地区，唐朝皇帝给了突厥原来的统治者非常优厚的待遇。

唐太宗时期，唐朝领土不断地扩张，之后提出了民族观念。在唐太宗看来，突厥的人文地理和江南世族的人文地理，与中原都不一样。按照惯例，突厥属于胡人，江南世族则属于越人。

顺便说一句，清朝以前，把国土之外的西北方向的人叫胡人，那时的胡人主要是西亚和中亚和欧洲人，从胡人地区进口的物资都冠以"胡"字，比如"胡萝卜""胡琴"。清朝时把国土之外的外国人叫洋人，就是漂洋过海来到中原地区的人。同样，从国外进口的物资都冠以"洋"字；比如"洋车""洋火"。

不过，唐太宗所说的"越人"，不是说江南世族是百越人的后裔，而是说他们所居住的地区是"越地"，两者之间有很大的差别。

我国从古到今都以华夏人自居，其实华夏人也存在相对性。不同时期的人对华夏有不同的理解，但是基本上都有一个共性，认同华夏文化就是华夏民族；反之，便是蛮夷。金朝就以华夏人自居，而南宋却成了他们眼中所谓的"妖朝"。

还有一种现象，羯、氐、羌三大古老民族，也说自己是华夏人。从春秋到秦汉，这三大民族一直是中央政权的主要力量，直至晋代的"五胡乱华"。羯、氐、羌，最初是古老部落的名字，并不是民族，部落是族群，民族就是由族群发展而来的，但一个族群后来可能发展成了几个民族。

元朝的统治者来自大草原，他们所统领的军队属于"汉兵"。后来，朱元璋起兵反抗元朝，而他的军队却成了元朝统治者口中的"淮夷"。

自从中国与世界接轨以后，思想观念也受到西方文化的影响，关于民族划分的观念也在不断改变。时至中华民国初期，国民政府对全国百姓进行初期划分，总共产生汉族、维吾尔族、蒙古族、满族、回族和藏族六个民族。

随着时代的发展，人们的民族观念再次发生改变。认为中华民国时期的民族划分方式过于宽泛，不利于国家对民族进行管理，于是重新进行划分。不过，关于具体的划分方法，政府却深感头痛。

1953年，中国进行了一次人口普查，当时所登记的民族就高达400多个，其中云南省就占据了260多个。如果中国按照印度的方法进行区分，凡是自己所认定的民族都可以成立，那么中国划分出来的民族数可能达到上千个。在这一方面，中国采取的手段比印度更加科学、更标准。

在中国，人们自己所认定的民族还不算数，必须在语言和文化方面达到一定的特性，才能被确立为一个民族。按照这两个特点，中国在1954年基本确立的民族总共有39个。

经过几十年的变化以后，官方认定的民族又增加了17个少数民族，最终形成56个。就民族数量而言，和其他国家相比，中国的民族数量已经算非常少了。当然，还有一些有语言但没文字的小民族，或语言、文字都没有，只是生活习惯不同于其他民族的小民族，都没包含在56个民族之内。

氐族有自己的语言，也曾有过文字，但是氐族在划分民族的时候消失了。这个曾经改变过华夏大地历史进程的民族哪儿去了？这个建立过几个国家政权的民族哪儿去了？

一个有自己语言、文字的民族，就是有文化的民族，有历史的民族。我们所说的、通常意义的民族史，其实是民族文化史。有文化就有历史，有文化就有可认证的身份，也就会留给未来考据。

在民族划分时，中国采取了一些"合并同类项"的做法，目的是避免出现过多的民族，从而造成不必要的纷争。当然，这种方法也不是完全没有缺点的，有一些群族并不愿意被划分到其他民族当中，但政府认为其本身却不具备单独形成一个民族的条件，也就只能进行强制性划分了，最有代表性的就是氐族。

那么，我现在就来探究一下氐人、氐族的来龙去脉。

关于氐族的起源，主要有两说：一种说法是：氐、羌同源而异流；另一种说法是：氐、羌虽自古关系密切，然而从来都是两个不同的民族。

第一种说法认为，殷商和西周时期，氐族尚未从羌族中分化出来。《尚书·牧誓》中提及商朝末期，周率"蜀、羌、髳、微、卢、彭、濮人"伐商，有羌无氐。殷商时期的甲骨卜辞中，虽然已出现氐字，如在武丁时的卜辞"雀取氏马羌""牧氏羌""氏羌刍五十"，等等，但是，学者们认为这些并非族称。直到春秋战国时，才开始以氐作为族称，据郝懿行《山海经笺疏》注："互人国即《海内南经》氐人国。氐、互一字盖以形近而讹，以俗'氐'正作'互'字也。"说明春秋战国时已有"氐人"存在。但在先秦史籍中往往氐羌连用或并称。如《诗经·商颂·殷武》云："昔有成汤，自彼氐羌，莫敢不来享，莫敢不来王"；《逸周书·王会篇》曰："氐羌以鸾鸟"；《竹书纪年》提及：成汤十九年"氐羌来宾"，武丁三十四年"王师克鬼方，氐羌来宾"等。由于羌先见于记载，氐、羌又往往连用或混用，如白马氐，又称白马羌等。或者说，氐族是汉化了的羌人。氐族最终成为单一的民族，是由于有些羌人部落从高原迁于河谷，由游牧转向农耕，并在与周围汉族日益频繁的接触中，受汉族先进经济与文化的影响，使其语言、经济、文化发生变化所致。

第二种说法认为，氐、羌是既有密切联系，又有重大区别的两个民族。由于古代氐与羌都是西戎，居住在西方（青海及四川西部），境地相邻，且多错居杂处，关系十分密切。但从羌、氐的原始分布、经济生活、服饰习惯等方面看，两者差别还是很大，氐有自己独特的语言、风俗习惯、心理状态与宗教，与羌不同，故自古就是两个独立的民族。氐族先人究竟来自何方，鱼豢《魏略·西戎传》称氐人"乃昔所谓西戎在于街、冀、獂道者"。街、冀、獂道均属天水郡，街，即街泉县，在今天的甘肃省庄浪县东南；冀县，在今天的甘肃甘谷县东；獂道县，在今天的甘肃省陇西县东南；鱼豢所说的氐族先人为街、冀、獂道地区诸戎，正与氐族的传统地区相符。上述诸戎历史可追溯到春秋时期。《史记·秦本纪》载前361年（秦孝公元年）秦孝公西斩戎之獂王事，獂王很可能就是氐王。可知街、冀、獂道之戎，应该是氐族源流之一。另外，有学者认为，氐与古老的三苗有渊源关系。三苗是我国古代传说中的部落集团，由于华夏集团向南扩张，三苗不得不向西向南迁徙。一支沿汉水向西北迁徙，即《舜典》提及的"窜三苗于三危"，迁徙到渭水上游和岷山以北的地区，亦即后来氐族的原始分布中心。综上所述，氐族始见于春秋战国时期的史籍中，其来源可能与三苗及街、冀、獂道之戎有关。同时，由于与羌族相邻，又杂居共处，也吸收一些羌族成分。汉魏后，氐族成为一个较强大的共同体。

从我手中的史料中看到，大部分学者认为从春秋战国至秦汉，氐人活动在西起陇西，东至略阳，南达岷山以北的地区，约相当于魏晋的陇西、南安、天水、略阳、武都、阴平六郡及其南邻，即今甘肃省东南、陕西省西南、四川省西北交界处，包括渭水、汉水、嘉陵江、岷江、涪江诸水源头。起初主要聚居地区在西汉水、白龙江流域，此外，还与其他民族杂处。正如《史记·西南夷列传》所云："自嶲以东北，君长以什数，徙、筰都最大；自筰以东北，君长以什数，冉駹最大。其俗或土著，或移徙，在蜀之西。自冉駹以东北，君长以什数，白马最大，皆氐类也。"汉代在氐族聚居区设有武都郡、陇西郡、阴平郡等，并置十三氐道。此制始于秦。《汉书·百官公卿表》上提及：县"有蛮夷曰道"。《后汉书·百官志》亦云："凡县主蛮夷曰道。"据《汉书·地理志》及《水经注·漾水》等记载，汉代在氐族聚居区设置道、县有河池县、武都道、氐道、故道、平乐道、沮道、嘉陵道、循成道、下辨道、甸氐道、阴平道、刚氐道、湔氐道、略阳道等。其中刚氐道、甸氐道属广汉郡，湔氐道属蜀郡。上述十三道俱在陇以南，汉中以西，洮岷以东及冉駹以东北，与《史记》《汉书》有关记载相吻合。

从220年（东汉建安二十五年）至240年（曹魏正始元年），武都郡的氐人被强制迁徙或归附曹魏者有3000余群落达6000余人，被安置于关中。在魏蜀争夺中，也有一些氐人徙居蜀汉。因而，至魏晋，氐人除原在武都、阴平二郡外，又在关中、陇右一些郡县形成与汉人及其他各族交错杂处的聚居区，一是以京兆、扶风、始平三郡为中心，尤以扶风郡为多，集中在雍（今陕西省宝鸡市凤翔区西南）、美阳（陕西省武功县西北）、（今陕西省陇县东南）、隃糜（今陕西省千阳县东）等县。另一分布中心是陇右的天水（今甘肃省天水市）、南安（治今陇西县东南）、广魏（治今秦安县东南）三郡。广魏郡晋时改为略阳郡，其中最著名的如略阳蒲（苻）氏、吕氏，其先人都是从武都迁来的。十六国时，前赵（汉赵）、后赵、前秦等多次将氐人迁往关东河北等地，氐族分布地区日益扩大。如石虎徙氐、羌15万落于司、冀两州，苻坚将关中氐族15000余户迁于冀州邺城、并州晋阳、河州枹罕、豫州洛阳、雍州蒲坂等地。氐族强盛时，人口将近百万。

氐族人也是在中原最早建立政权的民族。

西晋至南北朝时期，清水氐杨氏曾在仇池山建立了仇池国；营山巴氐李特、李雄父子建立了五胡十六国第一个政权：成汉国；临渭氐苻坚建立前秦；略阳氐吕氏建立后凉。

我们来简要地说说这几个（除仇池国外的）氐族政权。

成汉国（304—347）是十六国之一。

西晋的"八王之乱"后，国力衰败，到了末年，更是天灾人祸不断。就在这个时期，益州蜀郡的巴氐族领袖李特率领难民起兵反晋。297年，李特率领关中流民团南下汉中。302年，自称为使持节、大都督、镇北大将军。第二年定年号建初，率军攻打成都，益州刺史罗尚拒守，李特败亡。其弟李流继续统领流民作战，次年病死。

之后李特之子李雄成为首领，于304年攻下成都，称成都王，306年称帝，国号成，史称成汉。

成汉是五胡十六国时期第一个氐族政权。从此掀起五胡角逐中原的浪潮，正式揭开了"五胡乱华"的序幕。

再说说前秦。

前秦是氐族苻氏建立的政权，故亦称苻秦。苻氏的祖先，初居武都，当时人以其家池中生五丈长的蒲草，称之为"蒲家"，因以为姓。曹魏时，由武都迁于略阳郡临渭县（今甘肃省秦安县东南），世为部落小帅。310年（晋永嘉四年），蒲洪被宗人推为盟主，自称护氐校尉、秦州刺史、略阳公。刘曜在长安称帝，以蒲洪为宁西将军、率义侯，曾徙居于高陆（今陕西省西安市高陵区西南），进氐王。前赵亡后，蒲洪退居陇山。333年（东晋咸和八年），降于后赵石虎，拜冠军将军、泾阳伯。后率氐、羌2万户下陇东，至冯翊郡（今陕西省大荔县），劝石虎徙雍州豪杰及氐、羌10多万户于关东，以实京师，被采纳，拜龙骧将军、流民都督，率户2万居于枋头（今河南省浚县西南）。350年（永和六年）春，蒲洪遣使至江左，东晋以洪为征北将军、都督河北诸军事、冀州刺史、广川郡公。时冉闵杀胡羯、关陇流民相率西归，路经枋头，大多归之，洪拥众至10余万，自称大将军、大单于、三秦王，改姓苻氏。旋为石虎旧将麻秋毒死。子苻健继统其众。苻健根据"民心思晋"的情况，在从枋头向关中进军的过程中，打着晋征西大将军、都督关中诸军事、雍州刺史的旗号。是年冬抵达关中后，又遣使向晋称臣，直至其称帝建号后，才正式和东晋断绝关系。苻健进入长安，据有关陇，"秦、雍夷夏皆附之"。351年（永和七年）春，苻健即天王、大单于位，国号大秦，改元皇始。越年，健称皇帝，以大单于授予其子苻苌。苻健一方面于丰阳县（今陕西省山阳县东南）立荆州。"以引南金奇货、弓竿漆蜡，通关市，来远商，于是国用充足，而异贿盈积矣"。另一方面在击败桓温的北伐后，立来宾馆于长安平朔门内，以招徕远人；又起灵台于北门，与百姓约法三章，薄赋敛，卑宫室，留心政事，优礼耆老，修尚儒学。史称"关西家给人足"，较之西晋末年，百姓生活水平大有起色。

355年（永和十一年），健死，子苻生继位。357年（升平元年），健弟苻雄之子苻坚杀生自立，称大秦天王，改元永兴。坚夺取帝位后、重用王猛等，在军事上逐步统一北方；在政治上也采取一系列措施，即"修废职，继绝世，礼神祇，课农桑，立学校，鳏寡孤独高年不能自存者，赐谷帛有差。其殊才异行、孝友忠义、德业可称者，令在所以闻"。同时，苻坚面对关中错综复杂的民族矛盾采取了一些缓和矛盾的民族政策。苻健时，关中的社会生产虽有所恢复，但继位者苻生荒淫残暴，又使各种矛盾激化。苻坚继位后，面临残破不堪的社会经济和尖锐复杂的民族矛盾、阶级矛盾，为了巩固自己的统治，提出"黎元应抚，夷狄应和"的看法，采取了较为开明和慎重的政策。在处理民族的关系上：第一，废除了胡汉分治的制度，即使是氐族权贵犯法亦受惩处。如以王猛为侍中、中书令、京兆尹。猛严令执法，"数旬之间，贵戚强豪诛死者二十有余人，于是百僚震肃，豪右屏气，路不拾遗、风化大行"；第二，信用汉族士人，争取汉族地主的支持和合作，促使氐族上层向封建官僚转化，使氐族下层向部曲兵户转化；第三，以汉族封建政治传统和文化传统的继承者自命，积极推行"圣君贤相"的治国之道，大力宣扬汉文化，当时氐人贵族深受儒家思想影响，苻坚还"广修学官，召郡国学生通一经以上充之。公卿以下子孙并遣受业"。进而，"中外四禁二卫四军长上将士，皆令修学。课后宫，置典学，立内司，以授于掖庭，选阉人及女隶有聪识者，署博士以授经"。同时，在经济上，苻坚等也采取一些劝课农桑、鼓励生产的措施，如推行区种法，开泾水上源，凿山起堤，通渠引渎以溉冈卤之田等。使"关陇清晏，百姓丰乐，自长安至于诸州，皆夹路树槐柳，二十里一亭，四十里一驿、旅行者取给于途，工商贸贩于道"。氐、汉经济上亦逐渐融为一体。在处理与其他民族的关系上，苻坚从"夷狄应和"出发，实行"服而赦之"的方针，优容各民族上层。对于自动归顺或战败投降的各民族上层基本上采取优遇政策。如灭前燕时，苻坚"赦慕容暐及其王公已下，皆徙于长安，封授有差"，随同迁徙的共有4万鲜卑，对缓和前秦与鲜卑等族的关系及关东局势，起了一定的作用，但对前秦而言也留下了隐患。为了加强对各民族的控制，苻坚一方面多次移民关中，并分地而置。如371年（东晋咸安元年），苻坚徙关东豪杰及杂夷10万户于关中，处乌桓于冯翊、北地，丁零翟斌于新安、渑池。另一方面，又把氐族分散到各方镇。380年（太元五年），苻坚"以诸氐种类繁滋，秋七月，分三原、九嵕、武都、汧、雍氐十五万户，使诸宗亲各领之，散居方镇，如古诸侯"。迁徙，对促进民族杂居无疑是有利的，但也造成"鲜卑、羌、羯布诸畿甸，旧人族类，斥徙遐方"的局面，削弱了氐秦对关中的控制。故赵整发出"远徙种人留鲜卑，一旦缓急当语谁"之叹。苻坚上述政策对缓和社会矛盾、恢复生产等曾起了一定作用。苻坚在执政初期，由于采取了一些劝课农桑、鼓励生产的措施，前秦内部趋于相对的稳定，为苻坚统一北方创造了有利条件。370年（晋太和五年），苻坚灭前燕。翌年，灭仇池氐杨氏。遣将攻陇西鲜卑人乞伏司繁，败之。373年（晋宁康元年），遣将取东晋梁、益二州，西南诸夷邛莋、夜郎，均归于苻坚。376年（太元元年），秦兵攻姑臧（今甘肃省武威市），张天锡降，徙其豪右7000余户于关中，前凉亡。同年，乘鲜卑拓跋氏衰乱之际，进兵灭代。382年（太元七年），又命吕光进驻西域，于是辖地"东极沧海，西并龟兹，南吞襄阳，北尽沙漠"。东北的新罗、肃慎，西北的大宛、康居、于阗等东夷、西域62王，均遣使与前秦联系，献方物。只有占据东南一隅的东晋与之对峙。苻坚之统一北方，自恃"有众百万，资仗如山"，欲灭东晋，"混一六合，以济苍生"。甚至下诏任命东晋孝武帝司马曜为尚书左仆射，谢安为吏部尚书，桓冲为侍中，并在长安"立第以待之"。383年（太元八年）七月，苻坚下令进攻东晋、其管辖区内所有公私马匹全部征用，民每10丁出1兵。选良家子3万人为羽林郎，以秦州主簿赵盛之为少年都统。八月，以阳平公苻融为前锋都督,指挥慕容垂、张蚝、梁成等所率步骑25万先行。以兖州刺史姚苌为龙骧将军督益、梁州诸军事,率蜀兵东下。是年九月初二,苻坚从长安出发,史称"戎卒六十余万,骑二十七万,前后千里,旗鼓相望。坚至项城,凉州之兵始达咸阳,蜀汉之军顺流而下,幽冀之众至于彭城,东西万里,水陆齐进。运漕万艘,自河入石门,达于汝颍"。这支被苻坚夸言为"投鞭于江,足断其流"的百万大军,实际上投入战争的只有苻融指挥的到达颍口(今安徽省颍上县)的30万先遣部队。东晋以谢石为征讨大都督、谢玄为前锋都督,率众10万抗击之。是年十月,苻融前锋兵渡淮河,攻占寿阳(治今安徽省寿县),即遣使奔告苻坚云:"贼少易擒,但恐逃去;宜速赴之。"于是苻坚将大军留于项城,率轻骑8000,兼程赴寿阳。十一月,谢玄率晋军水陆并进,与苻坚军相持于淝水。谢玄遣使对苻融云:"君悬军深入,置阵逼水,此持久之计,岂欲战者乎?若小退师,令将士周旋,仆与君公缓辔而观之,不亦美乎!"苻坚欲乘晋军半渡河围而歼之。但苻融麾军稍退,制之而不止。谢玄等乘机渡河,苻融驰骑略阵,马倒被杀。降秦的晋将朱序又在阵后大呼:"秦兵败矣!"前秦军队大乱,溃败不能止。谢玄乘胜追至青阿(寿阳城西30里)。"秦兵大败,自相蹈藉而死者,蔽野塞川。其走者闻风声鹤唳,皆以晋兵且至,昼夜不敢息,草行露宿,重以饥冻,死者七、八"。苻坚为流矢所中,单骑遁还淮北,收拾溃兵,至洛阳集有10余万人以返长安,晋军复寿阳,次年又复梁、益二州。淝水之战后，原被前秦统治的各民族首领纷起割据自立，前秦衰落。385年（太元十年）五月，长安遭西燕攻击，苻坚出奔五将山（今陕西省岐山县东北）。旋为后秦姚苌俘获，缢死于新平（今陕西省州市）佛寺中。394年（太元十九年），苻坚族孙苻登为后秦姚兴所杀，子苻崇逃至湟中即帝位，寻为西秦乞伏乾归遣将杀害，前秦亡。

再看看后凉的情况。

后凉为略阳氐人吕光所建。吕光，字世明，后凉君主吕光的先祖为吕文和。汉初周勃、陈平"诛吕安刘"时自沛隐遁氐部，遂为酋豪。前秦太尉吕光，曾从王猛灭前燕，封都亭侯。后迁步兵校尉，拜骁骑将军。382年（东晋太元七年），苻坚"既平山东，士马强盛，遂有图西域之志"，命吕光为都督西讨诸军事，率将军姜飞、彭晃、杜进等，统兵7万，骑兵5000，征讨西域。次年正月，兵发长安，以鄯善王休密驮、车师前部王弥寔为向导，降焉耆，破龟兹，西域30余国相继归附。苻坚封之为都督玉门以西诸军事、安西将军、西域校尉，因路绝不通，诏令未达。淝水战后，长安危急。诸将劝吕光速归，吕光乃于385年（太元十年），以驼200余头载奇玩珍宝，驱骏马万余匹东返，并收降原前秦高昌太守杨翰。大军行至玉门，前秦凉州刺史梁熙发兵5万于酒泉阻截，被吕光大败。吕光乘势直取姑臧（今甘肃省武威市），自称凉州刺史、护羌校尉。次年，闻苻坚死，遂自称使持节、侍中、中外大都督、督陇右河西诸军事、大将军、凉州牧、酒泉公。389年（十四年），吕光自称三河王。396年（二十一年），自立为大凉天王，署置百官，史称后凉。吕光后期刑法严峻，诛杀大臣杜进等，部下沮渠蒙逊、段业等，纷纷叛而自立。399年（东晋隆安三年），吕光死，诸子争立。403年（元兴三年），为后秦姚兴所灭。

氐族人建立了成汉、前秦、后凉等政权。前秦政权灭亡后，大部分氐族人都随着历史的变迁慢慢融入了汉族，在南北朝末期，氐族人一支从四川迁移到云南，有一些氐族人留在了云南，而还有一些氐族人则继续南下，一直到了今天的缅甸一带，可能发展成为今日缅甸最大的少数民族克伦族。藏族有一个被称为白马藏族的分支，据考证也可能是氐族人的后裔。

我读到一篇陇南市学者焦红原为"陇南文史"撰写的文章，是阐述陇南地区氐族人历史的。文章不长，我接引到这里来。

《史记》中的"西南夷"与陇南白马氐

焦红原

陇南是白马氐人的发祥地。随着国运渐昌，以及国家非物质文化遗产申报与保护工作的推波助澜，近年来，人们对白马氐民族民俗文化的探究兴趣亦日益浓厚。笔者多年来一直致力于白马氐民族文化史的研究工作，弄清楚《史记·西南夷列传》中的"西南夷"，对于研究陇南白马人的民族历史演变，是大有裨益的。

人们通常把我国贵州西部，云南、四川西部和西北部，西藏东部等地称为西南地区。秦汉以前，这些地区居住着许多部落民族，他们语言不同，风俗各异，史书上把这些少数民族，统称为西南夷。

司马迁在《史记》中，对汉代西南地区少数民族的人口分布、民族习性、族属名称、势力范围、君长情况等都做了较为详尽的记述，这对研究汉代西南地区少数民族的生产生活状况及历史演变，都是弥足珍贵的。

《史记·卷一百一十六·西南夷列传》说，西南夷的君长有数十位，其中，夜郎的势力是最大的；它的西边，靡莫之夷也有数十位，其中滇的势力最大；从滇往北，那里的君长也有几十位，其中邛都夷的势力最大。这些地方的人习惯于把头发梳成锥形的髻，以耕种土地为生，有村落及小城镇。西面从同师往东，直到北边的楪榆，称为嶲和昆明。这里的人们却全编着头发，随着牲畜而迁徙，没有固定的住处，也没有君长，土地纵横大约有几千里。从嶲往东北，那里的君长也有几十位，其中徙和筰都的势力最大。从筰都再往东北，那里的君长又有数十位，其中冉駹的势力最大。他们的习俗有的定居、有的迁移不定，都在蜀郡的西面。自冉駹再往东北，那里的君长又有十数位，其中白马的势力最大,都是氐族的同类。"此皆巴蜀西南外蛮夷也。"

司马迁仅巴郡、蜀郡西南以外的"蛮夷"(少数民族),就一口气列举了"夜郎""靡莫""滇""邛""筰""昆明""徙""筰""冉駹""白马""氐""劳寖(浸)"等十余种。这些少数民族在司马迁"南巡"之后不久,大多被其他民族所融合或被历史的尘埃淹没,也有例外,两千多年后,"滇"成了今云南省的简称,"昆明"成为今云南省省会的名称,"夜郎"虽被淹没在"夜郎自大"的成语里,有些尴尬地随波逐流,但《史记》中的"白马"却马蹄嗒嗒地穿越了历史,它与"白马氐"的历史文化,至今仍是陇南历史文化的光荣与传奇。正因之,我们有必要梳理并了解一下《史记》中"西南夷"的基本情况。

夜郎:战国至汉代,主要分布在今贵州西部、北部,以及云南东北、四川南部与广西北部部分地区。汉朝初年,与南越、巴、蜀等少数民族有贸易关系。汉武帝元鼎六年(公元前111年)于其地置牂河郡。曾为夜郎国,武帝时又置夜郎县,治今贵州关岭境。南朝梁大宝后废。

靡莫:古族名,西南夷的一支,始见于《史记·西南夷列传》,战国至秦汉时分布在今云南滇池至东北曲靖一带,其属什数,滇最大,其民"魋结,耕田,有邑聚。"汉武帝元封二年(公元前109年),将其属地并入益州郡。

滇:在今云南东部滇池附近的地区,曾建立过滇国。战国时,楚将庄蹻(一作庄豪)至其地称滇王,从事农、牧、渔、纺织，并经营采矿业。汉武帝元狩年间，滇王曾协助汉使探求通往今印度的道路。元封二年（公元前109年），汉于此置益州郡。今云南省因省境东北部在战国至汉武帝以前为滇国地而简称为滇。

邛都夷：也称邛，汉代我国西南特有的少数民族。西汉武帝元鼎六年（公元前111年）以邛都夷地置邛都，治今四川凉山彝族自治州的西昌、德昌地区，这一地区也为彝族先民"叟"人的主要聚居地之一，南朝齐废。西汉、三国及南朝宋时为越巂郡治所。

巂：古族名，西南夷的一支，《史记·西南夷列传》第一次记载，西汉时主要分布在西自同师（今云南保山市），北至楪榆（今云南洱海）地区。今四川西部和云南西部地区亦有分布。其生活习性及社会结构为"编发，随畜迁徙，毋常处、毋君长。"与昆明夷关系密切，习俗相同。《史记》说："自同师以东，北至楪榆，名为巂、昆明。"巂族源出自古氐羌系统。魏晋时期的史籍通常写作"叟"，汉至六朝时主要分布在今甘肃东南部、四川西部、云南东部和贵州西部等地。有蜀叟、氐叟、賨叟、青叟、越巂叟等。三国时，把应魏蜀征募为兵，作战勇敢的人，褒称为"叟兵"。

昆明夷：始见于《史记·西南夷列传》。系汉代西南夷的一支。出自古氐羌系统的部落。西汉时仍处于"随畜迁徙，毋常处、毋君长"的状态。以"编发"为特征。主要分布在滇西洱海地区。西至今澜沧江,东至贵州西部,北起四川西南,南及哀牢山区。元狩(公元前122—前117年)初年,汉武帝遣使通身毒(今印度),受昆明夷的阻拦而中止。元狩三年(公元前120年),汉武帝做征讨准备,在长安(今陕西西安市)附近开凿"昆明池"。元鼎六年(公元前111年),司马迁奉使进入其活动地区。元封二年至六年(公元前109—前105年),汉王朝将洱海地区并入新设置的益州郡管辖。东汉后,昆明夷逐渐定居,除畜牧业外,亦发展农业,并逐渐形成大姓邑落割据状态。东汉建初二年(公元77年),邪龙县(今云南巍山彝族回族自治县)昆明夷首领卤承助汉击破哀牢夷,受封为"破虏傍邑侯"。魏晋时期,昆明夷为南中夷人中的主要组成部分之一,与叟并称为"大种"和"小种"。唐代分布在滇西的"昆弥",与今西南地区的彝族、白族等少数民族有族属关系。

徙:亦称"斯叟""斯榆"等,系叟中一支,始见于《华阳国志》。汉晋时,主要分布在邛都(今四川西南地区)。西汉元光五年(公元前130年),司马相如曾出使该地。汉元鼎六年(公元前111年),其地属越嶲郡。晋时徙人曾多次反叛。

筰:又称筰都夷,古族名,分布在今四川汉源一带,以从事农牧为主,向外输出名马,史称"筰马"。汉武帝元鼎六年(公元前111年)于其地置沈黎郡(一为沈犁郡),又作"筰"。汉代属于羌人的筰部落,以建"筰"桥而闻名。

冉駹:又称冉駹夷,我国古代少数民族之一。据《华阳国志·蜀志》记载，駹水是湔水的支流，冉駹亦即由此而得名。公元前310年，秦惠文王派张仪及司马错统一巴蜀后，在岷江上游东岸设置湔氐道，辖所大抵包括今四川松潘、茂汶东部、绵阳及温江两地的都江堰市、彭州市一带。羌人在此畜牧并逐渐定居，开始经营农业，发展成冉、駹两大部落。汉武帝元鼎六年（公元前111年），以此两部落为中心，设置汶山郡。冉駹部落以农牧业为主，地产牦牛。唐代于茂州都督府下设羁縻州。由于这一地区古代系氐、羌民族的重要聚居区之一，其中又以冉、駹为大，故史籍称"冉駹""冉駹夷""冉駹国"等，均泛指这里的民族共同体。

白马：系古部落名，氐族的一支。汉代分布在今甘肃南部和四川西北部。从事农业和畜牧业，产名马、牛、羊、漆、蜂蜜等。汉武帝元鼎六年（公元前111年），于其地置武都郡，郡治在今甘肃省西和县洛峪境。十六国、南北朝时期，聚众自守，曾建立过仇池国、武都国、阴平国、武兴国等地方政权。在唐蕃百余年的战和不定中，避乱山中，故未被双方同化。明、清时，今甘肃陇南山区有"白马番"。今四川平武、南坪（今四川省九寨沟县）及甘肃文县铁楼白马藏族乡等地的"白马人"，为其后裔。

氐：中国古代西部少数民族之一。商周时，主要分布在今甘肃南部、陕西西部、四川北部的广大地区，汉代主要集中在武都郡（今甘肃省西和县洛峪乡），从事畜牧业和农业，部落支系繁多，最著名的为白马氏。十六国时期，族内豪酋群雄并起，先后建立过仇池、前秦、后凉等多个氐民族地方政权。公元580年，阴平国氐帅杨永安发动利州、兴州、武州、文州、沙州、龙州六州氐人，响应益州总管王谦反周，被北周大将军达奚长儒所镇压。氐民族建立的最后一个地方政权——阴平国灭亡，氐族随之与当地民族融合，"消失"在历史长河之中。

劳寖（浸）：亦称"劳深"。始见《史记·西南夷列传》。中国古族名，系西南夷的一支。战国至秦汉时分布在今云南曲靖一带，与靡莫、滇族同姓相扶。西汉元封二年（公元前109年）其地并入益州郡。

《史记》全书一百三十篇，分为《本记》《表》《书》《世家》和《列传》五大部分。其文史学价值极高。之所以能成为"史家之绝唱，无韵之离骚"，原因是多方面的。

首先，司马迁的父亲司马谈功不可没。

司马谈生在汉朝初年，"他见过许多楚、汉之际的人，对楚汉相争时的许多史事了解较多"，这使他较为方便地拥有了大量鲜活的第一手史事资料，身为太史公，他掌管着朝廷天文、祭祀等工作，同时，他还是国家图书馆馆长，他有条件和机会翻阅国家藏在石室金匮中的重要书籍，包括当时只有皇家才拥有的《左传》。司马谈原本想效法孔子著《春秋》，整理、编写一部胜于《春秋》的汉以前的通史，只因有一年，皇上去泰山举行封禅大典之事时，却没有叫他这位业务主管部门的领导去当随从,懊恼、尴尬与失落同时袭来,不久便郁闷而死了。

司马谈生前宏愿未果,临死前,他把修史的重任托付给了儿子司马迁,但他前期撰写的大量史实遗稿,却为司马迁子承父业,最终完成鸿篇巨制《史记》,奠定了坚实的基础。

其次,司马迁不仅天资聪慧,书读得多,知识面宽,而且能深入基层,了解民间疾苦,体察民风民情。在《史记·太史公自序》里,他这样自我介绍:"迁生龙门,耕牧河山之阳,年十岁则诵古文。二十而南游江、淮,上会稽,探禹穴,窥九疑,浮于沅、湘;北涉汶、泗,讲业齐、鲁之都,观孔子之遗风,乡射邹、峄;厄困鄱、薛、彭城,过梁、楚以归。"后来升任为郎中,又"奉使西征巴、蜀以南,南略邛、筰、昆明。"真可谓读万卷书,行万里路。正因如此,我们才能有幸读到素材鲜活,内容丰富的许多《列传》,包括《匈奴列传》《东越列传》《南越列传》《西南夷列传》等"四夷列传"。

通过《西南夷列传》,我们第一次了解到"靡莫""僰""昆明夷"等不为世人所知的西南少数民族的情况。而通过《西南夷列传》"南越破后,及汉诛且兰、邛君,并杀筰侯,冉駹皆振恐,请臣置吏。乃以邛都为越巂郡,筰都为沈黎郡,冉駹为汶山郡,广汉西白马为武都郡"的记述,作为一个生于武都、长于武都、又长期从事陇南文史学研究的史学工作者,我更有理由向最早记录武都历史的司马迁老先生致以深深的敬意。

陇南自古就是白马氐的主要发祥地,白龙江、北峪河、西汉水流域，有大量寺洼文化的遗存，诸多史实证明，今甘肃文县铁楼藏族乡的"白马藏族"，正是《史记·西南夷列传》"自冉駹以东北，君长以什数，白马最大，皆氐类也"的氐民族的直接后裔。这些白马人虽无文字，但有自己独特的语言、独特的服饰、生活习俗和婚丧、宗教信仰。2008年，反映文县白马人宗庙祭祀活动的"池哥昼"已列入国家非物质文化遗产名录。陇南从汉武帝元鼎六年（公元前111年）正式为中原王朝所辖，迄今两千多年了，但《史记》的记述与白马人的生生不息却使得陇南的历史文化永远是那样古老而又年轻。

2003年1月21—24日一稿于武都，2008年8月20日二稿。

　　从这篇文章中，我看到焦红原先生做学问是严谨的，对他的家乡陇南更是无比热爱的。

　　关于氐人的历史及发展脉络，我能找到的资料和我想表达的观点也只能这么多，做更深入细致的探究，就会有抢史学家和民族研究学家们饭碗之嫌。一笑，接着写下一章。

第四章 地胆天心说仇池

言其"地胆",是因为仇池山接近于中国版图几何中心,言其"天心",是因为仇池山三面环水一面衔山,四周绝壁,于河谷之间仿如拔地而起,直插苍穹,可通天心。

第四章　地胆天心说仇池

仇池山介于秦岭和岷山之间，属于岷山山系，但却不与其他山脉相连，独自矗立。最高海拔1791米，平均海拔700多米，山顶面积15平方千米左右。在秦岭和岷山之间，仇池山是一座小山。

一座山，无论大小、高矮，都有神灵在居住。

仇池山曾居住着氐人的神灵和国家，现在的山上依然有氐人的神灵在游走。我来仇池山不是为氐人寻根，而是努力靠近氐人的神灵。

在我写《蜀道青泥》和《古道阴平》时，陇南宕昌的马昱东先生一直是我身边的一个助手，无论在历史、地理的考据上，还是在生活上，都给了我极大的帮助。这次他和我一起上仇池山，表现得更为兴奋。

我写完前三章后，马昱东打电话问我："商老师，仇池山写得怎么样了？"我告诉他，最近忙些其他的事儿，停笔了。然后，我又说："我把前三章发给你看看，发现什么问题了赶紧告诉我。还有，你对氐人及仇池山、仇池国方面，你有什么高见，可以提供给我。"

我把前三章发过去近一个月，他也没给我回复。一日，我打电话问他,他说:"你的前三章,我只改了几个错别字。但是,我写了一篇小文,发给你看看。"

我把马昱东的文章看了,文章是对氐人、仇池山历史的一次整合与梳理。我犹豫了,把他文章中的一部分内容和观点抽出来用在这部书里,等于感情绑架式的抄袭;不用,我又无法另辟蹊径。于是,我大胆地决定,将马昱东的这篇文章全文放在书里,既是我对他的文章赞同,也是我俩合作的证明。

地胆天心说仇池

马昱东

中国有信史以来甘肃境内历史较为久远的地名或行政区划名,有西犬丘、狄道、临洮、陇西、北地、枹罕、洮阳、沓中、宕昌等,几千年后沿用至今且名气较大的一是陇西,二是武都。

公元前272年,周赧王四十三年,秦昭襄王三十五年,宣太后于甘泉宫诱杀义渠戎王,随即发兵灭其国,于其地置陇西郡、北地郡二郡。

北地郡大致在今日甘肃陇东的庆阳、平凉一带,与本文没什么关系暂且不表,而陇西郡却绕不过去,不得不说。

秦置陇西郡主体范围包括陇山以西的渭河上游与洮河中下游地区,以今甘肃定西市、天水市为核心,边缘还包括兰州、临夏、甘南、陇南等市州的部分地域。

秦国所置陇西郡接近今日甘肃省版图的三分之一，东至陇山，北至白银、平凉，西北至兰州黄河沿岸，西至临夏与甘南临潭，西南至甘南舟曲，南至陇南宕昌、成县、两当一线。

这个范围着实很大，从地理范畴看，秦陇西郡版图内既有黄土高原，还有青藏高原东缘，也有秦巴山区，横跨黄河、长江两大水系，仅仅涉及的河流就有黄河、洮河、大夏河、渭河、白龙江、西汉水、嘉陵江等河流，涉及的山脉除陇山之外，还有秦岭、昆仑山系东支余脉及岷峨山系北端，上古名山仇池山便在秦岭山脉与岷峨山系之间，据赵逵夫教授等多位研究者考证，《山海经》记载的刑天葬首之地的常羊之山便是仇池山。

武都——仇池

秦置陇西郡如此之大的版图范围具体包括多少属县？记载并不详尽，有研究者认为计有21县之多，其中就有武都道。

其实对于武都道而言，到底是秦人所置还是汉代设置，史籍记载得并不清楚，争议较大，但有一点相对而言争议较少，那就是最初的武都邑在西和县洛峪镇，武都道最初的治所也应在西和洛峪镇。

洛峪镇在仇池山以北，两者相距仅有十余公里之遥，用鸡犬相闻形容有点夸张，用遥遥相望表述两者方位距离倒也十分贴切。

武都邑、武都道、武都郡，已然无法得知最初"武都"一词的准确含义，而"武都"与仇池山之间的关系我们倒是可以大胆猜想。

根据众多典籍记载，"都"最初的含义是有宗庙的城邑，后来渐渐引申代指城市。此外，《水经注》卷六有"水泽所聚谓之都"的表述，那么我们可以认为至少在魏晋之际，"都"字的上述两个含义依然存在，而这与仇池山有何关系呢？

东汉辛氏所著《三秦记》对于仇池山的解释为："山本名仇维，其上有池，故曰仇池。"

山上有池自然是水泽所聚之地，称其为"都"似乎也算贴合，关键在于这仇池山上不仅仅有池，还有庙，这庙也不是一般的庙，是人文始祖伏羲的庙。

如今仇池上现存的伏羲庙修建时间太短，我们关心的是两三千年前甚至更为久远的时代这里是否存在过伏羲庙？

从现有资料来看，中华民族对于创世神伏羲的崇拜自上古开始一直延续至今，从未中断，伏羲崇拜最为鼎盛时期当数西汉，由此再上溯千年，这一地区对于伏羲的崇拜恐怕也是十分兴盛，存在伏羲庙是大概率事件，毕竟伏羲生于仇池的传说在汉代以前就已存在。

仅仅有庙还不成，还得有城，有庙有城才好称之为"都"。先秦时期仇池山上有城吗？还是洛峪镇有城？没有考古发现，我们最好不要乱讲，但合理的推测是可以存在的。

今天的西和县洛峪镇、仇池山一带在先秦时期先别说有没有庙有没有城，国家都可能有，商周之际方国林立，远在中原的中央王权远没有后世辽远，今日西和县及周边地区是氐人发祥地，极有可能形成早期方国，只是地处偏狭，且尚未纳入华夏体系，正史不予记载而已。

至于城邑，无论武都道是秦人所置还是汉代设立，作为县级政权组织，为其筑城是再寻常不过的事情。

这里有个旁证，仅供参考。甘南州舟曲县坪定镇现存坪定、西寨两处古城遗址，据称前272年秦人设置陇西郡时在此设置归属陇西郡管辖的县级政权组织羌道。我们要知道这是秦人势力向西拓展的极限之处，已经深入白龙江流域岷峨山系北端山地，即使在如此遥远之地秦人都要筑二城戍守，在西和洛峪筑城应在情理之中。

有城就有庙，不管这庙是神庙还是祖宗伏羲之庙。

有城有庙的地方多了去了，为啥偏偏在洛峪建立县级政权组织时要用一个"都"字？放眼全国用"都"的地名实在不是很多，武都是一个，成都是一个。

成都得名的来历相对明确，就是取"一年成聚，二年成邑，三年成都"之意，既然曾是蜀国国都，称为"成都"也非常好理解。

可是武都到底何意？

我们推测无外乎两种可能，一是仇池山巅曾经存在过的"天池"体量非常庞大，大到可以用"都"的程度。

二是仇池山及洛峪一带早就存在伏羲之庙，伏羲是人文始祖，是可以追溯的创世神、老祖宗，将其庙宇所在的城邑称为"都"似乎也不为过。

"武都"之"武"则更好理解，秦人东出之前，即使仅仅自秦襄公算起，也有好几百年在西部左突右冲开疆拓土的历史，穆公称霸西戎更是家喻户晓、妇孺皆知。

西和县洛峪镇、仇池山距离秦人故地西犬丘仅有数十公里，近在咫尺，自然是秦人大展拳脚武力征伐的用武之地，所以在此设立县级政权组织时取"武都"为名似乎再合适不过。

地胆天心

武都一词的来历到底与仇池山有没有关系并不是我们关注的重点，我们更加关注氐人凭什么能够在此立国？

说起立国，陇南人曾有一件茶余饭后的笑谈，20世纪80年代改革开放初期，陇南市某区县山区上演过一场奇葩闹剧，据传有了自称"皇帝"，也封了"皇后""嫔妃"及"文武大臣"，他们叫嚣着准备举办"登基"仪式，结果让几位派出所民警闻讯后分分钟就地拿下。

氐人立国可不是瞎胡闹，前秦第三位皇帝苻坚差一点统一全中国，如果淝水之战苻坚获胜，中国历史一定是另一种走向，氐人也不大可能渐渐消亡于历史的烟尘之中。

自古以来，谋划建国者甚众，成功者寥若晨星，即使成功建立政权,能够维持较长时间的也不多。

我们暂且不论氐人建立的前秦这等具有较大影响的政权,仅仅看氐人建立的仇池国及其后续政权(前仇池国、后仇池国、武都国、武兴国、阴平国),竟然能在十六国时期与南北朝历史夹缝中前后延续三百多年之久,也算是奇迹。

你要知道十六国时期绝大多数政权勉强维系几年、十余年、数十年就寿终正寝了,超过四十年的仅有成汉、前凉、前秦和西秦,而成汉、前秦还是氐人所建。

知道这些还不够,你可以知道得再多一些,以下资料摘自《西和文史资料第三辑》。

——公元385年(东晋太元十年)7月,前秦大将吕光为避兵锋,先遣妻子石氏和儿子吕绍在仇池避难,直到公元389年(东晋太元十四年)2月,吕光在姑臧(今武威)称帝建立后凉,才从仇池接回妻子儿子。

——公元394年(前秦延初元年),前秦灭亡,太子苻宣投奔仇池,依附杨盛。

——公元396年(东晋太元二十一年),武都氐酋强熙围攻上邽,被后秦姚硕德击败,逃奔仇池。

——公元417年(东晋义熙十三年),后秦天水太守赵温被东晋击败,逃奔仇池,充任杨难当府司马。

——公元419年(东晋元熙元年),漒川羌族豪帅彭利和被西秦兵击败,单骑逃入仇池避难,为仇池氐帅杨盛接纳。

——公元424年（宋元嘉元年），南安氐酋豪帅焦文珪为避祸乱，徙居仇池。

——公元426年（刘宋元嘉三年），陇西辛澹逃奔仇池……

知道了这些你会明白仇池山是一个可以避难的福地，可为什么是一个可以避难的福地，估计你现在还是一头雾水，要想彻底理解这个问题，我们需要从仇池山的地理特征讲起。

如果一定要用极为简洁明了的几个字概括仇池山的地理特征，我们翻遍词典，就找到了四个字：地胆天心。

言其"地胆"，是因为仇池山接近于中国版图几何中心，言其"天心"，是因为仇池山三面环水一面衔山，四周绝壁，于河谷之间仿如拔地而起，直插苍穹，可通天心。

从大的地理视角看，秦岭山脉的主体部分与南北向的陇山完成交会后，意犹未尽，继续向西延伸，深深插入黄土高原腹地，我们将这一段秦岭称为西秦岭。准确地说仇池山位于广义的秦巴山区石质山地与黄土高原交错之处。

西秦岭由东向西徐徐展开其雄浑双臂之时，也将黄河、长江两大水系由此分开。西秦岭以北的渭河由西向东穿越陇山后在陕西潼关汇入黄河奔流东去，西秦岭南麓的西汉水却要曲折很多。

西汉水发源于甘肃省天水市秦州区南部西秦岭齐寿山，先是由东向西流出天水秦州区，流过陇南礼县城关镇后一路向南，流经仇池山之后逐步东南流，最后在陕西略阳境内汇入嘉陵江。

嘉陵江向南奔流入蜀，最后在重庆朝天门汇入长江。

为何要讲到这些江河呢？因为山地比不得丘陵地带，更比不得平原地区，奔流在山地里的江河直接或间接地决定了交通路线与方式，并长久地影响着这一地区的经济、政治乃至于战争和民族迁徙。

祁山古道与仇池

仇池山位于洛峪河与西汉水的包夹之中，洛峪河流程短水量也比较小，而西汉水对于这一地区的影响只能用举足轻重来形容。

西汉水是孕育秦人最初的摇篮，西汉水同样也是氐人的母亲河，西汉水更以一江之水通过陇南山地将黄土高原与川蜀大地连为一体。

江河在山地间左冲右突反复切割，在形成河谷的同时，原始的道路也会随之产生，道理也很简单，人们沿着河岸行进不但饮水方便，也确实要比翻山越岭省力省时，祁山古道便是如此。

祁山道因途经祁山而得名，本质上说就是在西汉水河谷与相邻山地间踏出的一条北通天水、南抵汉中的山区通道，仇池山大致位于这个通道的中间位置。

据高天佑先生考证，祁山道的具体路线为：秦州（天水）—

牡丹—罗家堡—盐官—祁山堡—长道—石堡—汉源（西和）—石峡关（龙门关）—太石渡（入西汉水）—镡河渡—白马关（寺台）—大南峪—两河口—横现河—略阳—汉中，或石峡关—纸坊—成县（经青泥河、飞龙峡入嘉陵水道）—略阳—汉中（出自《文博》杂志1995年第2期刊载的高天佑《陇蜀古道考略》一文）。

　　古道水陆兼行，有很重要的战略意义和经济意义，历史上的许多重大事件，如汉光武帝刘秀有名的"得陇望蜀"战事、吴玠兄弟抗金战事均发生在祁山道或与之有关的地域。

　　从现有资料来看，至少在三国时期从关中经子午道、褒斜道或傥骆道翻越秦岭到达汉中盆地的道路并不是第一选择，关中与汉中、川蜀地区之间的道路交通主要依靠散关道（嘉陵道）与祁山道实现，相对而言祁山道虽然需要首先翻越陇山全程距离较远，但由于相对平坦易行，所以仍是主要交通干线。

　　仇池山似乎并不在祁山道的干线上，但两者相距又不遥远，所以从大的交通格局看，无论南下还是北上，仇池山都拥有相对较好的交通条件，而从小的交通格局看，仇池山三面环水与祁山干道保持相对距离，这又满足了安全条件，即使受到攻击尚有一定战略纵深，可以节节抵抗迟滞敌方的进攻。

　　刘秀得陇望蜀，诸葛亮誓死北伐，历史的时空就是这样波诡云谲。狭义的三国六十年，有四十年与仇池山所在的陇南山地（三国时期为武都郡和阴平郡）有关，与这条祁山古道有关。

诸葛亮一生五次北伐，从前后五次北伐的战争过程看，仅有第一次北伐最具有成功的可能性，因为首次北伐首先做到了奇袭，打了曹魏政权一个措手不及。

我们不知道在祁山古道上秘密潜行的蜀汉大军是否到过仇池山，但包括仇池山在内的崇山峻岭为诸葛亮率领的北伐大军做到了极为周全的掩护，当蜀汉前军先锋部队到达祁山脚下时，曹魏守军竟然毫无察觉，陇右数郡望风而降。

也许我们不该相信宿命，但对于诸葛亮而言，"出师未捷身先死，长使英雄泪满襟"似乎是他无法摆脱的命运，我们无法想象当街亭失守蜀汉北伐大军沿祁山道向汉中撤退时，诸葛亮的内心该是怎样的痛苦和沮丧。

抛开军事我们再来看经济，由于祁山道贯通南北，天水及陇中物产尽可由此南下汉中，或入川蜀，或去荆襄，反之川蜀及荆襄地区的物产如茶叶、蜀锦等物资同样沿祁山道北上销往陇山东西。

那么在这样一条经济大动脉上立业建国会有怎样的收益？你参考当今的新加坡便能知其一二。有一个重点再次告诉你，据多位专家反复考证中国最早的茶叶市场就在距离仇池山十余公里之遥的西和县洛峪镇。

专家们如何考证在此不再重复，倒是有一件流传至今的汉代趣事可以聊聊。

说起最早的茶叶市场起自何处，已不可考，但目前世界上有记载的茶叶交易市场，据专家考证在四川。西汉著名文学家王褒在《僮约》中"无意"对此进行了记录。

公元前59年，西汉著名文学家王褒游历蜀地，寓居在亡友遗孀杨惠家里。杨惠有个奴仆叫"便了"，王褒经常派便了去买酒，便了极不情愿。便了还怀疑王褒与杨惠有暧昧关系。有一次，便了在主人的墓前倾诉不满，说："您当初买我时，只要我看守家里，并没要我为其他人买酒。"王褒知道后，一怒之下，以一万五千钱从杨惠手中买下便了为奴。便了虽不情愿，却也无可奈何，但在写契约时他向王褒提出条件：以后凡是要干的事明明白白写在契约中，否则不干。

为此，王褒写下了著名的《僮约》。作为一纸契约，王褒列出了名目繁多的劳役项目和干活儿时间安排，其中有两处提到茶叶："烹茶尽具"和"武都买茶"。

虽然无法直接证实《僮约》中"武都买茶"的武都就是今天的洛峪，但毕竟存在这一种可能。

除了经济，我们再来看祁山道与民族迁徙的关系。

如前文所述，当下中国早就不存在氐人或氐族，这个曾经极为重要的族群去了哪里？我们有我们的猜想和推理。

祁山道是氐人最重要的迁徙通道，向北可迁往天水及陇山以东的关中，这个方向的迁徙不是自由迁徙而是由政治军事决定的被动大规模迁徙，最为严重的一次是在汉中之战即将战败之际，曹操将汉中郡、武都郡人口几乎迁空，所以有刘备得汉中而不得其民的说法。

汉中郡十室九空，武都郡也差不太多，有种说法：建立前秦的符氏家族就是在这次迁徙中向北迁至今天天水市秦安县境内。

而沿祁山道向南迁徙就自由多了，我们认为氐人在这个方向的迁徙持续时间可能要以千年为单位计算。

有一个问题非常值得玩味，曾经创造了古蜀文明的古蜀人从哪里来？当下主流的观点认为古蜀人主要是由沿岷山南下的氐羌族群发展而来，我们认为这种观点也许正确也许并不正确，说这样的废话并不等于完全没说。

因为生活在汉中盆地的氐羌族群也可以翻越大巴山进入四川盆地啊！因为生活在以仇池山为中心的陇南山地的氐羌族群也可以沿祁山道南下进入川蜀大地啊！

到底哪一路是构成古蜀人的主力军，犹未可知，也许这个问题本就意义不大。

讲到古蜀人我们就马上会联想到三星堆以及三星堆出土的绝美青铜器物，这是再自然不过的联系，原因无他，三星堆实在太热了，我们打算也蹭一下热度。

三星堆出土的青铜器与中原地区殷商时期的青铜器在文化特征上具有高度的关联性，考古学家和历史学家非常关注这种关联性，我们更加关注如何产生的这种关联性。

殷商之际没有飞机，没有高铁，信鸽也未必会有，烽火应该已经有了,但烽火传递不了图像等复杂信息。

即便那时已经产生了成熟的甲骨文,从中原大地要将一片刻有文字的骨板发送到蜀地,只能靠人或马匹在辽阔的大地上千里迢迢地行走,在这个千里迢迢中我们认为他必然要经过祁山道和仇池山附近,因为翻越天下大阻秦岭最好走的散关道(嘉陵道)迟至周代才开通,更别提子午道、褒斜道或傥骆道。

在殷商那个时代,中原与川蜀大地的交通道路可能只有祁山道。

由此我们上溯至距今八千年左右,生活在今天天水市境内的大地湾人正在创造大地湾文化,这种文化到底是由氐羌族群创造还是由其他族群创造并不是我们要探讨的主题。

我们所关注的是文化的扩张性,文化没有扩张性就不能成为一种文化。

以两千年的历史视野看,影响中国最为深远的文化当属秦文化,秦人创造的国家治理模式郡县制沿用至今,虽然历朝历代并不是照搬原样,但大抵还是在秦制模式中调整,但这并不是秦文化对中国最为深远的影响,大一统的家国思想才是其根本要义。

我们时常冥想秦人为何不偏安于西北一隅,非要"奋六世之余烈"一统天下?也许这一切与氐羌部族有关。

秦人先祖非子最初受封于秦邑,大致在今日天水市清水县和张家川回族自治县一带,为周天子牧马,后来又接受周天子指令到达西犬丘地区（今陇南市礼县境内）为周王室镇守西陲，秦人以此为基地用了几百年的时间开拓生存空间，数百年间并不全是悠扬的牧歌和快乐的生活，更多的应该是与氐羌部族没完没了的铁血战争。

秦人在此与谁战斗？史籍中笼统地将秦人征伐的对象称为"西戎"，从本质上讲，他们就是大大小小互不统属的氐羌部族。

带血的战刀可以让对手们跪地投降，而要彻底征服他们的内心需要用文化。今天陇南市礼县、西和地区依然传承保留了很多秦文化遗存，例如劝课农桑的"说春"、婚丧嫁娶中传承千年的仪轨、"乞巧"民俗活动……

最初没有人会想到这些文化对于这个地区的影响是如此的久远，但两千多年前生活在仇池山附近的氐羌部族肯定知道接受这些文化的过程是多么的痛苦，因为秦文化每向外延伸一米的扩张都会让殷红的鲜血洒满大地。

痛苦的并不全是氐羌部族，秦人同样忍受困苦与折磨，自东方辗转而来的嬴秦部族，无论代表了怎样的先进文化，在山以西地区迎接他们的一定是看不到尽头的族群冲突。

从现有史料看，嬴秦部族数位头领在与氐羌部族的战争中献出了自己的生命，而双方在这些战争中不断付出生命代价的普通战士史家是不屑于记录的，没有人关心他们的死活和感受，但是你不得不承认，正是双方人民在无尽的流血战争与宝贵的和平生活中共同追求着文化层面的最大公约数。

这种用数百年时间用无数鲜血与鲜花换来的最大公约数才是秦文化的底色，才是秦人灵魂的 DNA，也可以说，正是嬴秦部族在与氐羌部族数百年的相杀相爱中塑造出了"新秦人"，而这些"新秦人"才是统一中国的主力军，因为大一统的思想意识已经流淌在他们的血脉之中。

中国有八九千年的文化史，我们很有必要在更加辽阔的历史视野中回望这片热土曾经的过往。

众所周知，大地湾文化是仰韶文化的源头之一，也就是说大地湾文化存在向东越过陇山进行扩张和发展的过程，那么它有没有可能轻松向南越过西秦岭沿祁山道向长江流域扩张？这个问题我们留给考古学家和历史学家吧！但有一点需要说明，仇池山所在的西汉水流域存在大量仰韶文化、马家窑文化和寺洼文化的遗存。

因为这些文化遗存在客观存在，我们就不能忽视包含仇池山在内的陇南山地在上古和远古时期文化产生、扩张、发展过程中的作用，我们就不能忽视氐羌族群在沟通南北文化中做出的历史贡献。

正因为上述缘故，我们才有自信用"地胆天心"形容包含仇池山在内的陇南山地，陇南山地地处南北过渡带，是黄河水系和长江水系的桥梁与纽带，这片神奇的土地在上古与远古时期所发挥的地缘价值被远远低估。

国祚永延

什么是国家？国家是统治阶级实现统治的政治机器，国家也是它的子民赖以生存的庇护所，当一个国家已经不能保护它的子民，都会殊途同归走向灭亡，古今中外莫不如是，所以在此意义上讲国祚永延也就是统治者共同的幻想。

中国信史三千多年，曾经存在过的大大小小的国家政权数不胜数，国祚较长的如周朝及汉唐等，也就是三百年到八百年左右，短命者坚持个十余年就关张倒闭，不同历史时期的短命国家政权情况各不相同，但有一个共同点，它们基本上都是生逢乱世。

要说乱世，中国历史上的春秋战国时期已经称得上势乱如麻，但和五胡十六国、南北朝相比，也算是乱得还有点章法可循，后者在大约三百年的时间里将华夏大地乱成了一锅粥，不是你平常爱喝的小米粥，是将无数平凡生命熬成了可以供养野心家权欲的"血粥"。

五胡十六国时期，短命政权如同走马灯一般你方唱罢我登场，短则十几年长则数十年，城头时常变幻大王旗，而氐羌部族在包括仇池山在内的陕甘川交界地区前后建立的国家政权的版图不大，却能在中国历史最为混乱的时期，艰难维持三百多年，不得不说这确实是一个历史奇迹，你不要忘了强大如拥有虎狼之师的秦朝也才坚持十来年就走向了灭亡。

要梳理氐人建立的国家政权的历史脉络我们还得从混乱的

三国时期说起。

　　风云动荡、战乱频仍的三国时代，造就了无数英雄，但赤地千里、饿殍遍野也是不可否认的历史事实，千万黎民百姓在水深火热中艰难求生，这里面当然包括了生活在仇池山及其周边的氐羌人民。

　　在曹魏与蜀汉两大政治势力的夹缝中生存，氐羌部族不但要承受战争的苦难，还要承受背井离乡的迁徙之苦。三国时代，人口是排在首位的战略资源，曹魏对武都郡人口的迁徙有明确的记载，难道蜀汉政权就从未曾将武都郡、阴平郡的氐羌部族迁入蜀中吗？

　　今天生活在文县、平武与九寨沟三县的白马人关于诸葛亮"欺骗"他们的先祖从仇池山及其周边迁到当下聚居地区的传说，其原型极有可能就是氐羌部族按照蜀汉政权的意志被动向南迁徙的历史，只是诸葛亮采取的措施和办法没有曹魏政权那样暴力和直接，至少采取了相对温和的"欺骗"手段，但目的是一样的，就是竭尽可能地控制人口资源，至少不能为敌方所用。

　　熬过三国时代再次迎来了短暂的大一统局面，而西晋王朝在自作孽不可活的道路上一路狂奔。

　　公元301年，氐族部落酋长李特率领六郡流民于绵阳起义，揭开了五胡十六国历史的序幕。永安元年（304年）其子李雄于成都称成都王，史称成汉。

成汉政权在宗昭文皇帝李寿的领导下迅速走向覆亡的终点，这位嗜杀成性、穷奢极欲的统治者却在铸币领域开创了历史的先河。李寿所铸的汉兴钱是中国最早的年号钱，是中国古代钱币从重量记名到年号记名的转折点。

主流史学观点认为李氏氐人创立的成汉政权和匈奴人创立的汉赵（前赵）政权拉开了"五胡乱华"的历史序幕，我们认为这种观点至少有失公允，因为杨氏氐人在仇池山建立仇池国的时间要比他们都早，存续的时间也比他们更久一些。

"五胡乱华"是古人以"夏夷之防"为基准原则对这一历史时期的概括和描述，很少有人探究"五胡"为何"乱华"？也许我们从仇池国的建立过程中可以找到答案。

前仇池国

公元229年春，蜀汉政权发起第三次北伐并从曹魏手中夺得武都、阴平二郡，但从史籍资料看蜀汉政权至少对武都郡并未实现强有力的实际统治，自229年直至蜀汉灭亡，武都郡更像是双方战略缓冲地带。

公元263年，曹魏政权发起灭蜀之战，十八万大军兵分东中西三路，东路钟会率领十二万大军分路并进向汉中进发，西路邓艾率领三万大军牵制缠斗姜维军团，而中路由雍州刺史诸葛绪率领三万人马出祁山沿祁山道南下。

也许身经百战却已年迈的杨千万已经经不起太多的惊扰，诸葛绪三万大军的突然出现，无论如何都会对生活在仇池山的杨千万的内心产生触动。

不要以为白马氐人杨千万是无名之辈，他曾追随马超割据陇右对抗曹操，即使马超含恨而去归降蜀汉之后，杨千万依然在抗争和战斗，后为夏侯渊所败，遂前往蜀汉投奔马超。

也许在马超逝后杨千万率领部族重新占据仇池山，自号百顷王。我们无法得知杨千万在诸葛绪军南下时是否发生过军事冲突，这一年杨千万病逝，其子早亡，其孙杨飞龙承袭职位，成为这支白马氐人的第四任首领。

西晋王朝建立后，也许鉴于杨飞龙家族曾经反抗曹魏政权的"黑历史"，杨氏一族被全部迁往略阳（今天水市秦安县境内），这是杨氏族群再一次的背井离乡。

杨飞龙无子，他有个养子本是他亲外甥，原名令狐茂搜，所以也叫杨茂搜。

元康元年（291年）三月，在荒淫无耻、天性凶狡的贾南风擅权弄国之下，中国历史上最为严重的皇族内乱——八王之乱爆发。

元康四年（294年）五月，匈奴人郝散起兵反叛西晋，攻打上党。八月，郝散率领部众投降西晋，被冯翊都尉所杀。

元康六年（296年）夏，郝散之弟郝度元联合冯翊、北地地区的马兰羌人、卢水胡人一起反叛西晋，杀死北地太守张损，打败冯翊太守欧阳建。

八月，雍州刺史解系被郝度元打败，秦州和雍州地区的氐人、羌人纷纷起兵响应，拥立氐人齐万年为帝，"五胡乱华"的真正序幕由此拉开。

形势比人强，饱经战乱流离之苦的杨氏白马氐人在杨茂搜带领下，四千余家重返故土仇池，杨茂搜自号辅国将军、右贤王，氐族部众拥戴其称王，始建前仇池国，称仇池公，辖地有武都、阴平二郡，今陇南市大部地区均在仇池国版图之内。

东晋建武元年（317年），前仇池国分裂，杨茂搜长子杨难敌继位，号左贤王，屯下辨，其弟杨坚头号右贤王，屯河池。其后兄弟内斗，国力日衰。

因统治集团持续内讧，前仇池国于371年被前秦宗室大臣苻雅所灭，存续75年。

后仇池国

前仇池国灭国之际，前秦宣昭帝苻坚下令将仇池氐人全部迁往关中，但后仇池国建国者杨定去关中的时间要更早一些。

355年正月，王室宗亲杨宋奴指使梁式王刺杀了前仇池国第四位国君杨初，随后杨初的儿子杨国诛杀了梁式王和杨宋奴。杨宋奴的儿子杨佛奴和杨佛狗带领家眷逃往前秦，宣昭帝苻坚封杨佛奴为右将军，杨佛狗为抚夷护军，杨佛奴之子杨定为尚书、领军将军。

这个杨定很投苻坚的眼缘，越看越顺眼，后来干脆将自己的女儿嫁给了杨定。其实苻坚做出这样的决定可能更多是因为割舍不断乡情。

前秦皇室苻氏一族和仇池杨氏一样，原本都是武都郡氐人，先后被曹魏和西晋政权迁往略阳（今天水市秦安县境内），到了略阳又成了同乡，老乡见老乡自然是两眼泪汪汪，天然的亲近感或许发挥了作用。

383年，淝水之战前秦大败，国势大衰，各族首领慕容垂、姚苌、乞伏国仁纷纷自立。

385年，苻坚出奔五将山，被后秦将领吴忠俘获，软禁于新平郡。姚苌逼迫其交出传国玉玺，苻坚言已将玉玺送东晋，誓死不让玉玺落入羌人之手，最终被姚苌缢死于新平佛寺，终年四十八岁，谥号宣昭皇帝，庙号世祖。

苻坚死后，驸马杨定于386年奔还陇右，在当地氐族支持下，收复前仇池国领土，建立后仇池国，自称仇池公，后改称陇西王。

后仇池国强盛之际，曾一度占据汉中。414年，东晋刘裕征蜀，收复汉中，仇池守军一溃千里，后仇池国奉献降表，向刘裕称臣，归附东晋。

南朝刘宋初年，杨玄在位，自称武都王，接受刘宋册封，称臣于宋。

427年，后仇池国掠取宕昌、湿川等地。公元436年，杨难在位自称大秦王，年号建义，欲借北魏之力摆脱刘宋控制。

442年，后仇池国趁刘宋北伐失利，发兵刘宋属地汉中，刘宋发兵反击，仇池军被宋军全面击溃，刘宋继而攻入后仇池国境内，驻守仇池的守将向刘宋投降，走投无路的杨难当带领余部在陇右投靠北魏,后仇池国被刘宋所灭,政权延续57年。

武都国

陇南地区的西和、康县等地广泛流传着杨保宗的故事,这个杨保宗与抗辽保宋的那个杨宗保没有任何关系,后世北宋时期的杨宗保是《杨家将传》《杨家府演义》《万花楼》等小说中的人物。

而仇池杨保宗是后仇池国第三任国君杨玄的次子,429年继位,成为后仇池国的第四任君主。

杨玄临终之际将杨保宗托付给弟弟杨难当,并嘱咐说:"杨保宗少不更事,而国事艰难,他很难承担起国君的责任,我把国事交给你,希望你不要让先人创立的功业垮掉。"

杨难当坚决推辞,坚持请求立杨保宗为王,自己情愿辅佐他治理国家。杨保宗继位后,杨难当的妻子姚氏对杨难当说:"国家在危险关头应立一位年长的君主,现在反而去侍奉一个小孩子,这不是长远之计。"

杨难当听从妻子姚氏的话,废黜杨保宗而自立为王,成为后仇池国第五任国王,杨难当自称都督雍、凉、秦三州诸军事、征西大将军、开府仪同三司、秦州刺史、武都王。

430年6月,南朝宋加封冠军将军杨难当为秦州刺史、武都王。11月,南安(甘肃定西市陇西县一带)一万多人聚众反叛,叛军攻击南安。西秦末代国主乞伏暮末向杨难当求援,杨难当派遣将军符南率领三千骑兵前去救援,与乞伏暮末一起击溃叛军。

431年6月，占据上邽的胡夏末代国主赫连定因为北魏的逼迫向西迁移，杨难当趁机占领上邽。

432年6月，南朝宋加封杨难当为持节、都督陇右诸军事、征西将军、平羌校尉，杨难当任命侄子杨保宗为镇南将军镇守宕昌，杨保宗因被叔父杨难当废除一事怀恨在心，秘密谋划袭击杨难当夺回国主之位，不料事泄被囚。

435年12月，杨难当释放杨保宗，并再次委以重任派遣其镇守董亭（今甘肃武山南）。

439年3月，杨保宗与哥哥杨保显从董亭投奔北魏。北魏太武帝拓跋焘加封杨保宗为都督陇西诸军事、征西大将军、开府仪同三司、秦州牧、武都王（北魏对后仇池国君主的加封是南秦王，之前已加封杨难当为南秦王，此时杨难当自称大秦王，故加封杨保宗为武都王），镇守上邽（甘肃天水市），并将北魏宗室公主嫁给杨保宗。

443年2月，北魏攻陷仇池，南朝刘宋政权扶持的后仇池国第六任国王杨保炽逃走。北魏政权随即扶持武都王杨保宗复国，成为后仇池国第七任国君。

复国之后，杨保宗与其弟杨文德密谋固守仇池险要背叛北魏，身为北魏王室公主的杨保宗之妻也积极鼓动支持，但杨保宗做事不密，很快被北魏政权诱捕，被押送至平城（北魏都城，今山西大同）后惨遭斩首。448年1月，北魏仇池镇将皮豹子率军攻陷葭芦城（陇南市武都区东南外纳镇），抓获杨保宗妻子北魏宗室公主，北魏太武帝拓跋焘下令将其诛杀。

443年4月，北魏诱杀杨保宗之后，杨文德开于葭芦（今武都区东南外纳镇）建立武都国政权，至公元477年杨文度时为北魏所灭，传2代4主，历34年，武都国是陇南几个氐人政权中历时最短的政权。

武兴国

477年12月23日，北魏征西将军皮欢喜攻陷葭芦城，斩杀杨文度，武都国至此灭亡。

国破之时，杨文度弟弟杨文弘只好向北魏投降，并送儿子杨苟奴去平城做人质。北魏即以杨文弘为南秦州刺史、武都王。时隔不久，杨文弘又接受南朝刘宋政权封赏。

478年6月，南朝刘宋任命杨文弘为辅国将军、北秦州刺史、武都王，退治武兴（今陕西略阳县），史称武兴国，杨文弘成为武兴国第一任君主。

479年7月原北魏葭芦戍主、阴平王杨广香（杨难当族弟）向南齐投降。同年7月16日，齐高帝萧道成任命杨广香为督沙州诸军事、平羌校尉、沙州刺史，不久升为征虏将军。

479年10月，南齐百姓晋寿郡人李乌奴背叛南齐，投奔武兴王杨文弘，李乌奴带着一千多氐族兵进攻南齐梁州（陕西汉中市一带），攻陷了白马戍（陕西汉中市勉县西），后被南齐梁州刺史王玄邈击败，李乌奴只身逃回武兴国境内。

因杨文弘背叛，齐高帝萧道成于480年10月晋升杨文弘的族叔伯杨广香为持节、都督西秦州刺史，杨广香的儿子杨炅为征虏将军、武都太守，以杨难当正胤杨后起（杨文弘爷爷亲兄弟的重孙）为持节、宁朔将军、平羌校尉、北秦州刺史、武都王，镇武兴。

481年7月，杨文弘再次归顺南齐，齐高帝萧道成又任命他为征西将军、北秦州刺史。对于杨文弘而言归顺只是权宜之计，接受南齐政权册封之后不久，杨文弘遣远堂侄（杨文弘爷爷亲兄弟的重孙）杨后起进军占据白水城（四川广元市西北、广元市青川县东一带）。

军事要地白水城地处晋寿（四川广元市南部，剑阁县东北）的上游（同在今嘉陵江沿线），东部是连接益州的通道，北接阴平（甘肃陇南市文县）、葭芦（甘肃陇南市武都区东南外纳镇）。

482年9月，武兴王杨文弘去世，因儿子还年幼，故而以远堂侄杨后起接任武兴王。

486年正月，第二任武兴王杨后起去世，正月十五日，南齐齐武帝萧赜任命白水太守杨集始为持节、辅国将军、北秦州刺史、平羌校尉、武都王。北魏也同时任命杨集始为征西将军、武都王，杨集始到北魏都城平城朝见，又被北魏任命为南秦州刺史。杨集始成为第三任武兴国国主。

492年9月，第三任武兴王杨集始进攻汉中西部，南齐梁州刺史阴智伯派遣桓卢奴、梁季群等人率军千人迎击杨集始军，结果失利,南齐讨伐军退守白马(陕西汉中市勉县西),杨集始军一万多人用火攻的方式攻击城池栅栏,桓卢奴拼死抵抗。阴智伯又派遣阴仲昌等人率步骑军数千人前去救援。到达白马城东面的千溪桥,与杨集始军相距数里远,杨集始军全力进攻,南齐军奋力还击,杨集始军大败,所部十八处营垒同时崩溃逃跑,南齐俘虏斩杀杨集始军数千人,杨集始逃入北魏境内。

492年9月28日,杨集始到平城朝见孝文帝拓跋宏,北魏任命杨集始为都督、南秦州刺史、安南大将军、领护南蛮校尉、汉中郡侯、武兴王,赏赐军旗、车马、丝锦等。

494年,杨集始再次回到武兴(陕西汉中市略阳县),北魏加封杨集始为镇南将军,不久又加授督宁湘等五州诸军事。

495年6月,北魏派拓跋英进攻南齐汉中,氐族人杨馥之为帮助南齐而聚集义兵屯驻沮水关(陕西汉中市勉县西北一带),后杨馥之协助南齐进攻杨集始,并在白马(陕西汉中市勉县西)的北面筑城。杨集始派遣弟弟杨集朗领兵迎击,但被打败。杨集始从武兴逃到下辩(甘肃陇南市成县西北,位于武兴西北方向),不久杨集始又回到武兴。

497年8月,北魏南梁州刺史、仇池公氐族人杨灵珍和弟弟杨婆罗、杨阿卜珍率领部众三万多人举城向南齐齐明帝萧鸾投降,并且把他的母亲和儿子杨双健、杨阿皮送到汉中南郑作为人质,之后又派遣两个弟弟杨婆罗、杨阿卜珍率领步骑军一万多人进攻北魏武兴王杨集始所在的武兴城,斩杀了杨集始的弟弟杨集同、杨集众，杨集始在危急无奈之下向南齐请降。

500年，南齐皇帝萧宝卷又任命杨集始为使持节、督秦雍二州军事、辅国将军、平羌校尉、北秦州刺史，但杨集始未被授予祖传的封号武都王，该封号被南齐授予了从北魏投降南齐的杨灵珍。

不久武兴又被北魏攻占。同年年底，南齐北秦州刺史杨集始领军一万多人从汉中向北出兵，想要收复旧地武兴城。北魏梁州刺史杨椿率步骑军五千多人前往下辩屯驻，并派人给杨集始送去书信晓以利害，于是杨集始又率领部众一千多人投降北魏。

北魏宣武帝元恪恢复了以前授予杨集始的爵位：督宁湘等五州诸军事、南秦州刺史、镇南将军、领护南蛮校尉、汉中郡侯、武兴王，让杨集始继续镇守武兴。

501年5月，武兴王杨集始参与以北魏咸阳王元禧为首，以给事黄门侍郎李伯尚、杨灵祐、乞伏马居为成员阴谋袭击北魏宣武帝元恪的谋反集团，但因元禧一直犹豫不决，谋反行为没有实行。谋反集团的集会解散后，杨集始刚刚离开就骑马去向宣武帝元恪报告。

503年8月，第三任武兴王杨集始去世，北魏追赠杨集始为车骑大将军、开府仪同三司（享受宰相级待遇），谥安王。

503年8月11日，北魏即封杨集始长子杨绍先为都督、南秦州刺史、征虏将军、汉中郡公、武兴王，因杨绍先年幼，国事由两个叔叔杨集起、杨集义裁决。

505年正月，南梁的梁秦二州前任刺史去世，新任刺史还没有到任，南梁梁秦二州刺史府长史夏侯道迁以汉中郡投降北魏，南梁梁武帝萧衍派军攻打夏侯道迁，夏侯道迁向武兴王杨绍先求救。

杨绍先的叔叔杨集起、杨集义认为如果汉中被北魏整合完毕，武兴国就完全被北魏领土包围，不会再像从前处于南朝与北魏的交界地带，可以左右逢源，故而杨集起、杨集义不愿救援，但杨绍先另外一个叔叔杨集朗有建立功勋的心愿，遂率军救援，因为杨集朗的努力，北魏完全平定梁州和益州的变乱。

505年10月，杨集义眼看北魏平定梁州和益州，担心武兴不能够长期作为藩国继续存在，于是煽动氐族人闹事，并推举杨绍先称帝，杨集起、杨集义也一起称王，并联合南梁为外援。

11月1日，北魏派遣光禄大夫杨椿领兵讨伐称帝的杨绍先。11月24日，北魏又派遣骠骑将军源怀讨伐杨绍先的武兴国。

506年正月，杨集义围攻阳平关（陕西汉中市勉县西），北魏名将镇西将军、都督征梁、汉诸军事邢峦派遣建武将军傅竖眼前去讨伐，杨集义率军迎战，傅竖眼击败杨集义并乘胜进军，正月初六攻克武兴，抓获了杨绍先，押送北魏都城洛阳，杨集起、杨集义却趁乱逃跑，武兴国暂时亡国，北魏改武兴国所在地为武兴镇，其后又改为东益州。

同年正月十六日，走投无路的杨集起兄弟又一起投降了北魏。

530年，北魏庄帝元子攸因不满尔朱荣专权，在9月25日于明光殿设计伏杀尔朱荣，于是各派相攻，北魏大乱。

530年，杨绍先趁着北魏内乱逃回武兴，再次自立为王。当时宇文泰已平定关陇，杨绍先惧怕其势力，遂向宇文泰控制的北魏投降称藩，并送妻子和儿子到长安作为人质。535年，杨绍先去世。

杨绍先去世之后其子杨智慧继承其位，杨智慧之后杨避邪承袭，553年杨避邪被西魏所杀，武兴国亡。

阴平国

阴平国（477—553年），武都国灭亡后，北魏扶持杨广香（亦名杨文香）在阴平（甘肃省陇南市文县一带）建立与武兴国相对抗的政权。阴平国和武兴国都是武都国亡后，仇池杨氏子孙建立的小藩国，同时并存。

杨广香（？—481年），杨难当族弟，阴平国建立者，阴平国第一位国王，在位时间为477—481年。477年，协助北魏斩杀杨文度，被北魏册封阴平公。

479年，南齐建立，杨广香请降，南齐萧道成非常高兴，下诏褒奖。481年，杨广香去世，阴平国的部众有一半归附武兴王杨文弘，国力骤减。

杨炅（？—495年），杨广香之子，阴平国第二位国王，在位时间为481—495年。因阴平国实力锐减，南齐未对杨炅进行册封。

483年，杨炅被南齐正式册封为阴平王。为了应对内外交困的局面，在接受南齐封号的同时，杨炅又遣使交好北魏，开启了五次到北魏的朝贡之旅。490年，第二次派遣使到北魏朝贡。493年，第三次、第四次遣使到北魏朝贡。494年，杨炅亲自到北魏京师进行第五次朝贡。

杨崇祖（？—501年），杨炅之子，阴平国第三位国王，在位时间为496—502年。496年，南齐册封杨崇祖为阴平王。501年，杨崇祖去世，其子杨孟孙继位。502年，南朝萧梁建立。

杨孟孙（？—511年），杨崇祖之子，阴平国第四位国王，在位时间为502—511年。在位期间，阴平国实力有所增强，拥有数万部众，在南梁的支持下，多次侵扰北魏边境。505年，经人劝说，杨孟孙和北魏交好，并遣其长子杨太赤到北魏作为质子。

杨太赤（？—517年），杨孟孙之子，阴平国第五位国王，在位时间为511—517年。505—511年，杨太赤在北魏京师生活过一段时间。511年，在北魏的扶持下杨太赤继位，继位后执行的是全面倒向北魏的国策。516年，遣使向北魏朝贡，缓解南梁带来的压力。

杨定（？—525年），杨孟孙之子，阴平国第六位国王，在位时间为518—525年。518年，被北魏册封为阴平王。同年，杨定跟随北魏大军进攻南梁并攻陷阴平（此阴平在今四川广元境内），杨定遂以此阴平为新王都。525年，杨定去世，此后阴平国虽然存在，但阴平王不再属于杨广香一脉，即仇池杨氏的藩国统治已消失。

杨法琛，自称杨盛（后仇池国第二任王）后裔，在位时间为525—553年。525年，杨定去世，杨法琛割据阴平，自立为王，为阴平国第七位国王，也是最后一位国王。随后，对北魏和南梁两面交好。

552年，跟随西魏进攻蜀地，益州全州并入西魏。553年，氐族内部发生大规模冲突，与同族人各自率领部众相互攻击。经人调解，接受和平条款，在阴平国设置州郡，阴平国灭亡，之后杨法琛史无记载。

西魏废帝二年（553）杨法琛从魏，分其部落更置州郡。从此，仇池氐族杨氏代传终止。自建安中杨氏先祖杨腾（208年）据守仇池算起，至西魏废帝二年（553年）杨法琛分处州郡止，共传354年。

580年，阴平氐帅杨永安发动利、兴、武、文、沙、龙六州氐人反周，被北周大将达奚长儒镇压。至此，阴平王族势力最终被攻灭，使从茂搜开始，历经仇池、武都及武兴、阴平几个政权的陇南氐族地方势力在历史舞台上消失。

以上参照徐日辉《阴平国分合说》学术论文；谭昌吉《话说阴平国》《文县志》等。

前秦悲歌

前文罗列的仇池氐人杨氏一族前后建立的仇池国（前、后）、武都国、武兴国、阴平国等政权虽然在南北朝历史夹缝中艰难存续二三百年，但他们建立的这些地方政权都位于陕、甘、川三省交界地区，无论如何闪展腾挪、左突右冲，还是奉表称藩、南北交好，即使国力最强盛之际，版图、人口与国力也确实是极为有限，于泱泱神州而言似乎是无关宏旨的存在，但氐人建立的另一个政权是不容忽视的，这个政权就是差一点统一全中国的前秦。

建立前秦的苻氏人家族世居陇南，曹操征伐张鲁和汉中之战时，前后两次将陇南氐人迁往略阳（今天水秦安县）及关中地区，苻氏家族大抵是在这两次大迁徙中迁至今天水市境内。

西晋王朝颠覆之际，前赵主刘曜在长安称帝，以略阳氐族首领贵族苻洪为氐王。后赵主石勒灭前赵后，苻洪降于石勒。

333年，石虎徙关中豪杰及羌戎至关东，以苻洪为流民都督，居枋头（今河南浚县境内），石虎死后，苻洪遣使降晋，接受东晋官爵。

350年，苻洪在枋头自称大都督、大将军、大单于、三秦王，不久被后赵石虎旧将毒死，其子苻健代统其众。苻健自枋头而西，关中氐人纷起响应，十月，苻健入长安，遂据关陇。

351年，苻健在关陇施行仁政，与百姓约法三章，废除后赵时期的苛政，关中百姓对苻氏统治集团很有好感，苻健称大秦天王、大单于。

352年苻健正式称帝，国号大秦，定都长安，册立文武百官，史称苻秦、前秦。

355年，苻健驾崩，谥号明皇帝，庙号世宗，其子苻生继位，因淫杀过度，357年，苻健弟苻雄之子苻坚杀苻生而自立，自称大秦天王，并将苻健谥号改为景明，庙号改为太祖。

五胡十六国时期最具影响力的一代雄主大人物苻坚以前秦第三位皇帝身份登上了历史的舞台。

为什么说他是一代雄主是大人物呢？因为在他的励精图治下前秦政权完成了北方的统一并获得了统一全中国的历史机遇，这样的机遇在中国数千年历史中并不多见。

从另一个历史视角看，苻坚又是最为悲惨的君王，因为输掉了一场战争而输掉了全部，甚至是自己的身家性命。

中国古代战争史上最具戏剧性的以少胜多的经典战例就是前秦输掉的淝水之战，作为这次战役中一败涂地的战败方统帅苻坚，自己也身死国亡。

如果仅仅看这一段历史，我们会很轻易地得出这位苻坚大帝是一位草莽蛮干、无能胆小之辈，实际上苻坚却是开明大度，谦恭仁慈，慕义怀德，善于纳谏，雄才大略的一代少数民族英明统帅。

"成者王侯败者贼"，即使在这样的历史文化底色下，苻坚功败垂成无恶名，即便留给后人"风声鹤唳""草木皆兵"这样充满贬义的成语典故，但就苻坚私德而言，后世诸代著史之人从未给予他恶劣的评价，更多的是对苻坚如流星的一生发出扼腕痛惜的感慨。

著名历史学家陈登原曾对苻坚做出过极高的评价："文学优良，内政修明，大度容人，武功赫赫"。著名历史学家范文澜曾评价苻坚"在皇帝群中是个优秀的皇帝"。著名学者柏杨认为，中国历史上出现过各种各样的帝王560个，堪称"大帝"的仅有5个，苻坚以其超人的胆识、烜赫的武功、开放的用人智慧与秦始皇、汉高祖、唐太宗、康熙皇帝一起并称五"大帝"。

历史学家给予苻坚的评价并非夸张，而是给予历史的客观。

苻坚在王猛等汉族大臣辅佐下，励精图治，奋发图强，将国家治理得政治清明，经济繁荣，法制严明，人才济济。在那个战乱不息、动荡不安的大黑暗时代里，对内休养生息，爱护百姓，对各个民族一视同仁，天下归心。对外能以宽厚之心对待敌国之人，德化为先、怀柔至上，让政治少些权谋和血腥，苻坚的善政无疑是一盏闪烁着人性光芒的璀璨明灯，照亮了华夏大地。

生逢乱世，对于一位皇帝而言仅仅做好文治还远远不够，没有强大武功，国家不能生存，自己也极有可能成为乱世血腥斗争之祭品。

苻坚即位之初刚刚二十出头就灭张平，收张蚝，击乌延，威震西凉；继而击退东晋桓温，大破燕国慕容暐四十万大军，灭亡前燕；紧接着又灭凉击代，一统北方，在短短的时间内便谜一般地使前秦突然崛起成为一个包括东北、华北、漠北、西域和辽东在内的空前强大而广袤的超级大国。

如果不是最后时刻"一失足成千古恨"，淝水之战中被根本和自己不是同一重量级的对手东晋打得溃败，导致国家分崩离析，最后为手下叛将姚苌勒毙于新平（今山西彬州市）一座佛寺，否则，中国历史必将被改写，就不会存在战乱纷纷的南朝北国，两百年后隋文帝的大一统时代，极有可能在符坚大帝手中提前到来。

自从西晋"八王之乱"后，中国历史经过三国归晋短暂而黑暗的统一后，进入了更漫长也更黑暗的五胡十六国时代。五胡指的是北方的五个少数民族：匈奴、鲜卑、羯、氐、羌，它们先后建立了十数个国家。

符坚就是氐族人，祖父符洪死后，符坚伯父符健嗣位，率部攻入关中，定都长安。符坚父亲符雄是符洪的少子，符坚是符雄次子，七岁时便"聪敏好施，举止不逾规矩"。符洪常说："此儿姿貌瑰伟，质性过人，非常相也"。八岁时，符坚便要求读书，符洪说："汝戎狄异类，世知饮酒，今乃求学邪"（《晋书·符坚载记》），用白话说就是"咱们胡人，祖祖辈辈只知道喝酒，想不到出了你这个小东西，还想念书干一番大事业呢！有出息！"于是便为他请了一位先生，教授儒学。十三岁，符健授符坚为龙骧将军。永和十年（354年）六月，符雄去世，符坚袭爵东海王。

苻坚"性至孝,幼有志度,博学多能,交结英豪,吕婆楼、强汪及略阳梁平老皆与之善"(《资治通鉴·卷第九十九》)。太原薛赞、略阳权翼见到苻坚后,都惊叹道:"非常人也!"(《晋书·苻坚载记》)即追随其左右。

公元353年,苻健病死,其子苻生继承帝位。这位苻生是中国历史上出了名的残暴君主。史书上记载,苻生"幼而无赖",儿童时代就凶邪无比。长成后,力举千钧,雄勇好杀,能徒手格击猛兽,飞跑能追上骏马,击刺骑射,冠绝一时。

东晋桓温北伐时,苻生常常单马入阵,十几次搴旗斩将,勇冠三军。苻生初立,即大开杀戒。

前秦政权中书监上书说:"天象示警,不出三年,国有大丧,大臣戮死,希望皇帝修德养国,安民乐道",苻生闻言,竟如此回复:"朕和皇后对临天下,可应大丧之变。至于大臣吗,毛太傅、梁车骑、梁仆射受遗诏辅助我治天下,把他们杀了就可以应天警了。"于是,皇后梁氏和几个辅政大臣一同被推上断头台。

苻生喜好把牛羊驴马活活剥皮,三五十为一群,看着这些刚被剥皮的动物在殿中哀号奔走;又喜欢把死囚的面皮剥掉,再让他们载歌载舞,让大臣聚集欣赏,以为嬉乐。由于他天生"眇一目",是个独眼龙,忌讳尤多,臣下上书言事和讲话不能涉及"不足、不具、少、无、缺、伤、残、毁、偏"等字词,不小心犯之而死者不可胜数。

苻生每逢接见大臣，都让侍从箭上弦，刀出鞘，铁钳、钢锯等摆放跟前，看谁不顺眼，就随即杀掉。如哪位大臣有所劝谏，就被视为诽谤，杀之；若有人说句奉承话，就被视为献媚，杀之。因此，朝中人人自危。薛赞、权翼就私下对苻坚说，"今主上昏虐，天下离心。有德者昌，无德受殃，天之道也。神器业重，不可令他人取之，愿君王行汤、武之事，以顺天人之心"（《晋书·苻坚载记》）。苻坚虽然有这个想法，但因畏惧苻生骁勇，未敢动手，而在暗中谋划。

公元357年的一个夜晚，苻生酒后对一位侍女随口说道："阿法（苻法，苻坚异母兄）兄弟也不能让人信任，明天我要杀了他们。"岂料这个侍女平日多受苻坚恩惠，就等苻生熟睡后，秘密报告了苻坚。事变在即，不容稍有迟疑，苻坚兄弟决定立刻采取行动。于是，苻法与梁平老、强汪率领数百名壮士潜入云龙门，苻坚与吕婆楼率领部下三百余人鼓噪前进。宫廷宿卫将士不愿替暴君卖命，纷纷倒戈。苻坚攻入宫中，时苻生醉卧未醒，苻坚将其顺利俘获，废为越王然后将其处死，时年二十三岁，在位两年。

政变以后，苻坚想让位给苻法，苻法说："汝嫡嗣，且贤，宜立。"苻坚还要推辞，群臣忙跪请苻坚即位，苻坚遂去皇帝号，称大秦天王，这一年苻坚二十岁。

淝水一战，前秦从此一蹶不振。先前被苻坚所灭的许多国家又相继复国，慕容宗族的子弟跃马披甲，遍地狼烟，羌族的姚苌等人也重新崛起，丁零、乌丸相续起叛，北方重新四分五裂。

苻坚退回长安后，被前燕皇太弟慕容冲率军包围了。城中断粮数月，士气低落。而城外一些村庄的百姓对苻坚的恩德十分怀念，都偷偷地向城内送粮，结果很多人因此被叛军杀害。苻坚流着泪对冒死赶来的村民说："你们虽然忠心可嘉，但现在是危难之秋，不是一两个人能改变的。假如神明保佑，将来能有和平的那一天，请大家珍惜自己的生命，等待新君主的到来，不要徒劳无功，死在野兽的手下，那样太不值得。"他还亲自设灵祭奠，结果百姓和将士都号啕大哭，惨状惊天动地。最后苻坚倾家底设宴款待群臣，有的人分不到几片肉吃，塞进嘴里不敢吞下，回到家"吐肉以饴妻子"。

公元385年，慕容冲攻入长安，苻坚出走逃到五将山，剩下十余个侍卫，然帝王之度不改，坐而待之，召厨师进食。叛臣姚苌的大将吴忠驰马赶到，把苻坚捆起来送到新平，继而姚苌又派人向苻坚索要传国玉玺。苻坚大骂："国玺已送晋朝，怎能送给你这个忘恩负义的叛贼！"姚苌又让苻坚把帝位禅让给他，苻坚又骂："禅代是圣贤之间的事。姚苌什么东西，敢自比古代圣人！"姚苌羞愤，派人把苻坚缢死在新平佛寺（今彬州市南静光寺），苻坚时年四十八岁，在位二十八年。其子苻诜，两女苻锦、苻宝以及夫人张氏等皆自杀。苻坚死后就地埋葬，当地人称其墓为"长角冢"。

苻坚拥有极大的政治抱负，但历史上有抱负的君王很多，能够将抱负变为现实的却少之又少。苻坚的英明在于他不仅仅有抱负，更有将抱负变为现实的治国方略。

"五胡乱华"是中国历史上最为黑暗的历史，虽然北方很多君王残暴，但是也有很多少数民族和汉人一起反击残暴的统治者。而苻坚正是其中最具有代表性的人物之一。

苻坚对各族人民一视同仁，并将各民族和平融入华夏为终极目标，同时，他也是第一个提出"民族团结"概念的伟大君主。

苻坚知人善任，在选用官员方面不拘一格选人才，当发现王猛这个不世之才后一年内五次迁升其职务。王猛最多时兼任"丞相、中书监、尚书令、太子太傅、司隶校尉、持节、将军、侯如故、稍加都督中外诸军事……"十余个核心职务，王猛终有机会尽其平生所学，辅佐一代雄主治国平天下。

苻坚采纳王猛提出的"宰宁国以礼，治乱世以法"的策略，推行加强中央集权、抑制贵族势力的方针，实施一系列加强中央集权的统治措施，严厉打击一切居功自傲阻挠改革的氐族贵戚勋旧，为实施新政扫清政治障碍。

在打击顽固守旧势力的同时，苻坚下令恢复魏晋时的士籍旧制，以维护士族的利益，从而获得了汉族士族和少数民族上层分子的支持。

为促进汉化，苻坚在关中广设学校，传播儒学。他命官僚子弟以及宿卫士卒、后宫妃嫔等皆入太学读书，并每月亲自去太学，考问学生的学习成绩，对其中成绩优异的人擢授官职。

为了准确掌握社会实情，苻坚派遣使者到各地巡察，命他们把所发现的品行、学识具备的人才，或清廉正直、治理有绩的官员，或地方长吏刑罚不当、苦害百姓的现象，或民间孝友勤劳的好人好事，以及年老孤寡的生活情况等一一上报，鼓励勤政爱民，惩处违令枉法。这样，吏民人心思进，互相勉励，前秦社会"盗贼止息，请托路绝，田畴修辟，帑藏充盈，典章法物靡不悉备"（《晋书·苻坚载记》）。

从357年到370年的十多年中，苻坚重视恢复和发展生产，实行了"劝课农桑、偃甲息兵"的与民休养的政策。当时的关中，时常出现干旱，苻坚仿照秦时开凿郑国渠的办法，在关中兴修水利。他下令调发王公贵族及豪门大户的奴仆三万多人，在泾河上游凿山筑堤，开挖渠道，引水灌溉农田，使农业获得丰收，百姓受益，国家获利。

为发展商业贸易，苻坚实行了"通关市、来远商"的政策，欢迎外地商人来关中做生意，吸引外地货物和资金，繁荣关中地区的经济。

苻坚在他统治前期所实行的种种治理措施是非常有效的，使关中地区的生产和经济在恢复的基础上有所发展。据史籍记载，当时关陇之地，百姓安居乐业，从长安通往各州的大路两旁槐柳成荫,二十里一亭,四十里一驿,往来旅行和做生意的人络绎不绝,一派繁荣景象。当时百姓赞美说:"长安大街,夹树杨槐。下走朱轮,上有鸾栖。英彦云集,诲我萌黎"(《晋书·苻坚载记》),从这些记载中可以看出当时的关中一带,社会比较安定,生产处于发展趋势,人民生活比之西晋灭亡时"长安城中户不盈百,墙宇颓废,蒿棘成林"的情况前进了一大步。

苻坚短暂的一生是辉煌灿烂的,也是令人扼腕叹息的,我们感慨惋惜的不仅仅是他个人的历史宿命,我们更加为他"混六合以一家,同有形于赤子"的伟大理想而感动,因为自"夏夷之防"的观念形成之后,苻坚是第一位提出族群没有高低贵贱一律平等的统治者,也许这种"超前"的民族融合浪漫主义情怀恰恰就是真正导致他亡国身死的根本原因,无疑苻坚和他缔造的前秦帝国本身就是一首洞穿时空直击人心的历史悲歌。

以上是马昱东先生的文章,他帮我厘清了氐人与仇池山、仇池国的一些关系,但是他不负责帮我寻找氐人的神灵。不急,我们继续寻找。

第五章 仇池国与《仇池国志》

《仇池国志》是一部依据各种版本的史料汇编而成的编年史和仇池国人物小传。史料丰富、翔实，应该是可信度很高的。但是，书中使用各种版本的史料是否可靠，就不得而知了。总之，我们今天看到的历史，往往都不可信，都是胜利者命令当朝文人写的功劳簿。

第五章　仇池国与《仇池国志》

《仇池国志》共有两个版本。如下：

一、张维先生所撰《仇池国志》

这本《仇池国志》迄今也有两种版本：第一种是1949年由甘肃省银行印刷厂印制的铅印本；第二种是上海图书馆1961年抄本。

二、李祖桓编著的《仇池国志》

本书由书目文献出版社于1986年5月出版。

我手边放着的是张维先生的版本。

关于张维先生的简介，是这样的：

张维（1890—1950年），字维之，号鸿汀，甘肃省临洮县人。近代著名地方志学家、历史学家和金石学家。毕业于甘肃优级师范学堂，又考取拔贡，授北京学部书记官。辛亥革命时，回原籍与地方进步士绅倡导成立狄道州议会。后任甘肃省临时议会文书，创办《甘肃民报》《大河日报》《政闻报》，并担任主笔。中华民国时期，曾任国会众议院议员、甘肃省署秘书长、甘肃省政务厅厅长、财政厅厅长、建设厅厅长、省政府委员、国史馆顾问及兰州大学、西北师范学院特约教授等。抗日战争和解放战争期间，担任过国民党甘肃省党部主任委员、国民党中央执行委员、甘肃省参议会议长，1950年病故于兰州。他一生致力于西北史志研究，为国内史学界所重视。著有《甘肃新通志稿》《陇右金石录》《甘肃人物志》《仇池国志》《陇右著作录》《陇右方志录》《陇学略述》等。他的《仇池国志》是近代仇池国历史研究的开山之作。

张维先生的公子、甘肃省文史馆资料员张令瑄先生为其父的《仇池国志》做了一个简介与说明，我觉得直接"拿来"，要比我另文叙述更妥帖。因为张令瑄先生对《仇池国志》更具有发言权，我再怎样用现代人的眼光去审视这部书，也逃不出张令瑄先生的藩篱，与其偷偷摸摸摘录，莫如大大方方将原文引用。

《仇池国志》与仇池国简介

张令瑄

（一）《仇池国志》简介

氐族是中国古代少数民族之一。在公元四世纪曾先后建立过几个地方政权。其中仇池杨氏，绵延最久。

自晋惠帝元康六年（296年），杨茂搜自称左贤王，至周静帝大象二年（581年），杨永安覆灭，历时二百八十五年。若上溯后汉建安初（196年）杨腾占据百顷，先后三百八十五年。其间虽国统三绝，而未久即复，其历年之久，非仅当时氐族政权之前秦苻氏、成李氏、后凉吕氏所远不能及，即在南北朝数十政权中，亦为最长久者，而其疆域之广袤，亦与燕、凉诸国相埒。

杨氏以偏僻一隅之地，当中夏十余大国，受兵百数十次而后亡。三百年间之政治措施、军事行动、社会经济、文化，多有可述。而旧史或以其"地僻事鲜"，因此《晋书》不立载记，崔鸿未列《春秋》，旧史虽有可述，而或断代附录，或综记大要，未能穷尽原委，详备一方文献，后学常引以为憾。

先父张维（鸿汀）先生研治西北史志数十年，每叹自魏、晋，迄周、隋各史，详于中原地区，而略于西北，早年拟著《陇右霸国录》一书，分为三秦、五凉、仇池、吐谷浑各卷，以补其缺。多年以来，搜集大量史料，辑为《前秦、后秦史抄》《仇池史料》等数十册，计划陆续写定，首先因"仇池杨氏以土著旧族建国故土，世历八朝，祚延三百，缅服纵横之迹，爵封朝聘之事，山川险阻，文辞往还，得其详而记之，可以知兹地兹族盛衰兴亡之所由，而诸夏君辟，所以旷时竭虑，以致力于此弹丸边域者，其成败得失，亦可稽考而鉴戒，是于治史，殆不可谓非无小补也"。于是广稽史志，亲覆考察，补其缺略，订其舛伪，考之纪年，以审其时世，稽之方志，以明其地域，辨其世系，记其兴衰，涉猎所及，有正史、有图志、有杂史、有地书、有政书、有类书，凡数十种，凡遇涉及杨氏故实，莫不条记类次，考订异同。历时两载，稿亦数更，至一九四一年秋，始得写定。名之曰《仇池国志》，志分为八篇，一族系，二疆域，三系年，四前仇池国，五后仇池国，六武都国，七武兴国，八阴平国，又以"附录"记仇池历朝知名人物。

此书资料详富，条分缕析，复以早年数次经过陇、蜀、汉、沔之交，留心杨氏遗迹，故于当时地理之考证，尤为严谨，遇有语出两歧者，亦皆随事附注，力求"辞必有出，文无杜撰"，可为研治西北史地及我国古代民族史之一重要参考资料。一九四八年曾在兰州排印一百册，唯以限于当时印刷条件，请友人精绘之仇池王国疆域地图五幅（用黑、红两色标明古今地名），未能付印，甚为可惜。因印数过少，迄今才四十年，原本已流传不多。近来传闻，国外计划研究仇池国历史之说，令瑄以为当地史迹，由当地人考证研究，条件自更优越，为便利研究，提供参考，曾将《仇池国志》原稿，重做点校，并用简化汉字清抄。以备再版之用。希望有关各方对此古代民族史料，进行探讨，做更深刻的研究，以丰富中华民族发展的历史，尤所企盼。兹先将仇池国概况，简要介绍于后。

仇池也是著名的游览胜地，《续博物志》所载"中国三十六洞天福地，小有清虚洞天"，仇池就是"小有洞天"的附庸，因而历代名人多所题咏，如苏轼未至仇池，而有梦游之思，以仇池为"可以避世之桃源"，为之神往。曾撰为笔记，吟为诗词，以寄其向慕之忱。杜甫诗云：

"万古仇池穴，潜通小有天。神鱼人不见，福地语真传。近接西南境，长怀十九泉。何时一茅屋，送老白云边。"

曾有终老仇池之想。

相传仇池在汉代尚为一高山湖，以后水涸成为平地百顷，乃为人居。唐时尚有九十九泉，用以灌田，以后则仅能供给饮用，故居民也减少。遂不为世所注意。

（二）仇池国历史概述

我国是一个多民族国家，历史上，有一百数十个民族，在祖国大地上繁衍生息，团结互助，创造出中华民族悠久灿烂的文化，为人类社会做出了巨大贡献。

西北各省区，地处东西方要道，历代民族的迁徙活动，更为频繁。氐、羌是西北最早的土著民族。远在殷，周之前，古史中即有对氐、羌的记载。氐族在秦、汉之际，散居于汧、陇以南，汉川以西（甘肃徽县、成县、西和、礼县、康县、文县、武都及陕西汉中以西，四川平武、昭化以北地区），处于羌、汉两大民族之间。中原人（汉族）依其服色，分名之为"青氐""白氐""蚺氐"，生活方式是善田种，有麻田，能织布，畜养豕、牛、马、驴、骡。有本民族语言，又多通汉语。从古自立豪帅，多经中央政权封授官爵。

汉武帝元鼎六年（公元前111年），白马氐人起兵反汉，汉武帝遣中郎将郭昌、卫广率军镇压，取其地，并分广汉郡西部合置武都郡（郡治在今西和县南）。元封三年（公元前108年），氐族人又叛，汉朝出兵镇压之后，又将部分氐族迁往酒泉郡福禄县一带安置（今酒泉县境）。

汉献帝建安时,略阳、清水(今甘肃省秦安、清水县地区),氐人杨腾为部落大帅,其子杨驹始迁居于仇池山。三国时附于魏,受封为"百顷氐王",卒后,其孙袭封。从此奠立了仇池杨氏政权的基业。

仇池山在今甘肃省西和县南四十公里,又名仇维山、仇夷山,山顶周约二十五里,有田百顷,有水泉可耕居。四面陡峭,高约七里,仅有小道三十六回可通。

杨千万孙飞龙,晋武帝时为假平西将军,率部迁居略阳(今清水、秦安县境)。飞龙无子,养其外甥令狐茂搜为子。晋惠帝元康六年(296年),雍(陕西西部)、凉(甘肃东南部)羌、氐民族起事,茂搜趁机率族人返回仇池,自称辅国将军、左贤王,是为"仇池王国"之始。

前仇池国

晋愍帝建兴元年(313年),仇池氐族杨茂搜自称辅国将军、左贤王,遣使入贡长安,晋授为骠骑将军、左贤王。晋元帝建武元年(317年),茂搜卒,子难敌袭位为左贤王。降于前赵刘曜,授难敌为使持节、侍中、假黄钺,都督益、宁、南秦、凉、梁、巴六州诸军事,上大将军,护南氐校尉、宁羌中郎将,益、宁、南秦三州牧,武都王。晋成帝咸和九年(334年),难敌卒,子毅袭位,自称龙骧将军、左贤王、下辨公,东晋授毅为征南将军。咸康三年(337年),杨毅族兄弟初杀毅自立为仇池公,降于后赵石虎,晋永和三年(347年),东晋授初为使持节、征南将军、雍州刺史、平羌校尉、仇池公。永和十一年（355年），杨初因内乱被杀，子杨国袭位为仇池公，东晋授杨国为秦州刺史。十二年（356年），杨国为其叔父杨俊所杀，东晋授杨俊为平西将军、平羌校尉、仇池公。晋升平四年（360年），俊卒，子世袭位，东晋授为征西将军、平羌校尉、秦州刺史、仇池公。晋太和五年（370年），杨世卒，子纂袭位，东晋授为平羌校尉、秦州刺史、仇池公。晋简文帝咸安元年（371年），前秦苻坚遣兵灭仇池，俘杨纂及其部族归长安，以杨安镇仇池、空百顷故地，前仇池国共传八世，计七十九年。

前仇池国世次

杨茂搜（还居仇池）→杨难敌→杨毅

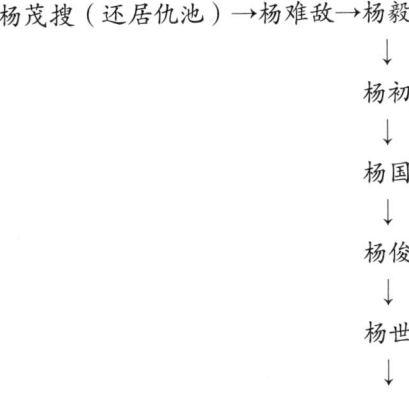

后仇池国

杨难敌幼子宋奴之孙杨定，为前秦帝苻坚之婿，授骠骑大将军、雍州牧，苻坚淝水之败后，杨定率部回仇池，东晋太元十一年（385年）自称辅国大将军、使持节、都督陇右诸军事、秦州刺史、陇西王。太元十九年（394年）定卒无子，从弟杨盛袭位，谥定武王。姚秦授盛为镇南将军、仇池公。元魏又封为仇池王。东晋又授为都督陇右诸军事，征西大将军，开府仪同三司。刘宋文帝元嘉二年（425年），盛卒，谥为惠文王。子杨玄继位，宋封为武都王，元魏封为南秦王。元嘉六年（429年），杨玄卒，谥"孝昭王"。弟杨难当先立玄子保宗袭职，旋即废之而自立为秦州刺史、武都王，后自称"大秦王"，改元"建义"，设百官，如天子之制。刘宋授难当为征西将军、秦州刺史、武都王。元魏又授为征南大将军，秦、梁二州牧，南秦王。元嘉九年（432年），刘宋遣兵攻取仇池，驱走杨难当，难当降于元魏。宋以杨玄之子保炽守仇池。次年（433年），元魏遣兵取仇池，又驱走保炽。复立杨保宗为都督陇西诸军事、开府仪同三司、平羌校尉、秦州牧、武都王。旋因其谋反魏而独立，被俘杀于平城，国灭。共传五主、计二十九年。

后仇池国世次

杨定→杨盛→杨玄→杨保宗→杨难当
　　　　　　　　　　　　↓
　　　　　　　　　　杨保炽
　　　　　　　　　　　↓
　　　　　　　　　杨保宗（复立）

刘宋元嘉二十年（443年）杨保宗为元魏所杀。氐、羌族人拥杨玄少子杨文德为秦、河、凉三州牧、平羌校尉、仇池王。

刘宋加封为北秦州刺史、武都王。南迁居葭芦城（今武都县东南境）。宋孝武帝孝建元年（454年），文德为宋叛军所杀。刘宋立杨保宗之子元和为征虏将军、白水太守、武都王。刘宋泰始二年（466年），杨元和奔降于元魏，魏授为武都王，居于平城。刘宋以杨文德从弟杨僧嗣为北秦州刺史、征西将军、武都王。宋后废帝元徽元年（473年），僧嗣卒。从弟文度自立为武都王，降于元魏，魏授为武兴镇将。宋又授为宁朔将军、平羌校尉、都督北秦，雍二州军事，北秦州刺史，武都王。宋顺帝升明元年（477年），文度为魏兵所杀国灭，武都国凡传三主，计三十二年。杨氏政权遂分为武兴、阴平两国。

武都国世次

杨文德（始居武都）→杨僧嗣→杨文度

武兴国

杨文度被杀，其弟辅国将军杨文弘请降于魏，魏授职为南秦州刺史、武都王，退居武兴（今陕西省略阳县境），宋亦授为北秦州刺史、武都王。南齐高帝建元四年（482年）文弘卒。南齐以杨难当长孙杨文弘之侄杨后起嗣为北秦州刺史、征虏将军、武都王。元魏亦授后起为南秦州刺史、武都王。南齐武帝永明四年（486年），后起卒，齐以文弘子集始为北秦州刺史、武都王。魏亦授为征西将军、武都王，后改为武兴王。梁武帝天监二年（503年），集始卒，魏赠车骑大将军，谥安王。子绍先袭位，魏授为南秦州刺史、武兴王。四年（805年），绍先叛魏，自称皇帝，通好于梁。次年迁兵俘绍先，国灭。武兴国凡传三主，计三十七年。魏以其地置为东益州。至梁武帝中大通元年（529年），杨绍先趁东益州氐乱奔回武兴，复自称武兴王，梁授绍先为平西将军、梁南秦二州刺史。大同元年卒（535年），子智慧立，未久率部属南归于梁。至梁大同十一年（545年），西魏授绍先次子辟邪为东益州刺史。梁元帝承圣二年（553年），杨辟邪兴兵反魏，魏将叱罗协率兵击斩辟邪。武兴复国后又传二主，历二十五年而亡。

武兴国世次

杨文弘→杨后起→杨集始→杨绍先
　　　　　　　　　　　　　↓
　　　　　　　　　　杨智慧、杨辟邪

阴平国

刘宋升明元年（477年），杨难当族弟杨广香助魏攻破杨文度，魏遂授广香为茄芦镇主、阴平公、阴平太守，居守阴平（今甘肃省文县地）。南齐高帝建元元年（479年），齐授广香为沙州刺史，后改持节、西秦州刺史、征虏将军、督沙州诸军。建元三年（481年），广香卒。子杨炅嗣位，南齐授杨炅为使持节、都督沙州诸军事、安西将军、平羌校尉、沙州刺史、阴平王。建武三年（496年），杨炅卒，子崇祖袭职，南齐授为假节、督沙州军事、征虏将军、平羌校尉、沙州刺史、阴平王。天监元年（502年），崇祖卒，子杨孟孙袭位，梁授为假节、督沙州刺史，阴平王。天监十一年（512年），杨孟孙卒，梁追赠为安沙将军、北雍州刺史，子杨定袭封为阴平王。天监十五年（516年），魏亦授杨定为阴平王。以后有阴平王杨太赤，及骠骑将军、黎州刺史，阴平王杨法深。至周静帝大象二年（580年），沙州氐帅开府上柱国杨永安反周，为周将达奚长儒所击灭。其先后所考者八主，共一百〇二年。而杨定以后世次年代多不能祥考。自此后氐族再未见建有独立政权者。

仇池自晋惠帝元康八年（298年）杨茂搜称王，至杨永安覆灭（581年），凡历二百八十五年，若上溯至后汉建安之初（196年），共计385年。

阴平国世次

杨广香（始居阴平）→杨炅→杨崇祖→杨孟孙→杨定（以下世系不明）→杨太赤→杨法琛→杨永安。

以上这些文字，显然是资料性的，但是对我们厘清仇池国的兴衰脉络很有帮助。

我对仇池国的印象是：乱世偏王。

仇池政权是五胡之一——氐族的一支，也称白马氐。东汉建安年间，部落首领杨腾率领部众迁到仇池定居下来。仇池，原指仇池山。《魏书·氐传》载："汉建安中，有杨腾者，为部落大帅。腾勇健多计略，始徙居仇池，仇池地方百顷，因以为号。"

《仇池国志》记载："仇池杨氏以氐人建国。自东汉建安中，氐帅杨驹徙居仇池，至周大象二年，达奚儒讨平沙州氐帅杨永安，先后近四百年。中间国统三绝，皆未久即复。以偏僻一隅之地，当中夏大国十数，受兵数十百次，久而后亡。并时十六国中诸氐之雄，成李氏、前秦苻氏、后凉吕氏，虽未尝不据地称雄，煊赫一时，然其历时皆远弗如杨氏长久。盖自杨氏灭后，氐人始不复自异于中国。"

杨腾的孙子杨千万被曹操封为"百倾氐王"（《魏书》误作为白项王），杨千万开始向曹氏政权臣服。建安十六年（211年），马超，韩遂等率部在关中发动了声势浩大的反曹斗争，杨千万与另一位氐族首领阿贵亦举兵响应马超，被曹操出兵打得大败，阿贵被曹操部将夏侯渊阵前斩杀，杨千万仓皇失措，撇下部落，独自向西，逃入蜀，投奔刘备（后活到蜀汉灭亡），残余部落未能跟随其逃跑，被迫向曹操投降。仇池部落遭到重大打击。

时光荏苒，到了杨千万的孙子杨飞龙在位期间，杨飞龙向魏晋政权示好称臣，得以生存，并率部落返回祖居的略阳，被晋武帝封为"平西将军"。杨飞龙无子，以外甥令狐茂搜（即杨茂搜）为养子，296年，杨飞龙去世，杨茂搜即位，而杨茂搜就是仇池国政权的实际建立者。元康六年（296年），氐族首领齐万年不堪西晋政权压迫，率众起义，纵横关陇，拥众数万，起义波及仇池,这时,杨茂搜审时度势,率部起事于仇池山地区。乘西晋"八王之乱"无暇自顾之际,自号辅国将军、右贤王,正式建立仇池国,也开始了仇池国三百多年波澜壮阔的历史。

仇池虽然独立建国,但强敌环伺,实力弱小,人口稀少,地盘仅一隅之地。历史上所记录的"五胡十六国",也没有"仇池国"之名,可见其微不足道。这也正好让仇池国可以偏安一隅,称王一方。

仇池杨氏的仇池国及后来的几个政权,在魏晋南北朝期间存在三百多年,几乎与魏晋南北朝相始终。但因其国力弱小,人口不多,对于魏晋南北朝的大格局基本没什么影响,或者说,当时的中原政权,就没把仇池国当作一个国,而是当作一个族群的大部落。尽管仇池国机构完整、五脏俱全。

仇池国面积小,人口少,却能巧妙地利用南北政权之间的矛盾,利用自己所在的便利的交通位置和易守难攻的地形纵横捭阖,在南北朝之间,忽南忽北地在夹缝中生存,在乱世中发展。

至于后来仇池国被灭,一是仇池国强大了,中原王朝看不下去了,不得不灭掉;二是因为大政治家有大一统的志向。

当然仇池国的内斗,也是使其灭亡的重要因素。

《仇池国志》是一部依据各种版本的史料汇编而成的编年

史和仇池国人物小传。史料丰富、翔实，应该是可信度很高的。但是，书中使用各种版本的史料是否可靠，就不得而知了。总之，我们今天看到的历史，往往都不可信，都是胜利者命令当朝文人写的功劳簿。为此，我还曾写过一首小诗：

没有真历史

我读过《水浒传》
也读过《荡寇志》
这两本书都不是历史
是一句戏言接一句戏言

不过两本书
都揭示了一个真相
荒谬和倒错
是历史的重要部分

我希望《仇池国志》是真实的历史，因为是当代人为了保存史料，不带有任何情感倾向写成的。

第六章

深藏玄妙的仇池山

山不在高,有仙则名。用这句话来形容仇池山,再合适不过了。

仇池山,又名百顷、仇夷、仇维、瞿堆,位于甘肃省陇南市西和县城以南约 60 千米处。因"其上有池,故名仇池"(《三秦记》)。

第六章 深藏玄妙的仇池山

山不在高，有仙则名。用这句话来形容仇池山，再合适不过了。

仇池山，又名百顷、仇夷、仇维、瞿堆，位于甘肃省陇南市西和县城以南约60千米处。因"其上有池，故名仇池"（《三秦记》）。

甘肃省西和县籍的我国著名历史学家赵逵夫教授认为，《山海经》中所描述的"常羊之山"，就是现在西和县境内的仇池山。主要理由有三条：其一，《山海经》中对常羊之山位置的描述，和仇池山的方位相符。其二，常羊山在古代的华阳国内，古代民间传说记载，有蟜氏"女登"感应神龙于华阳之常羊山。而伏羲为龙神，古代传说生于仇池。则有蟜氏女所感应到神龙的常羊山无疑就是仇池山。其三，仇池山在古代又叫仇夷山、仇维山，而"仇池、仇夷、仇维"和"常羊"的读音相同或相近。依据这些理由，可以基本确定常羊山就是仇池山。

仇池山西南是岷峨山脉，东北是西秦岭山系，一座山连接了岷山与秦岭。

仇池山东接秦岭，西连陇南宕昌县，南距汉中四百里，东去秦雍三百里，扼南北交通之要冲，据入川之咽喉，襟川陕，带甘青，进可攻中原，退可守巴蜀，真可谓四方交通之枢纽，兵家必争之重地。三国时期，诸葛亮六出祁山，北伐中原，多屯兵在此地；在"五胡十六国"时期，氐人杨氏据此山才得以逞其志，创建前、后仇池国。

仇池山就山势而言，虽然不能与"三山五岳"相提并论，但是，人文历史的积淀不比任何一座山逊色。

首先，仇池山是传说中的人文始祖伏羲的出生地。其次，仇池山是氐人的发祥地。原始神话传说的刑天葬首在这座山。刑天应该是氐人先民的首领，应为氐人的祖先神。再次，仇池山是道家神仙们炼丹修行的洞天福地。道教是中国的本土宗教，传播久远，凡名山峻岭都有道教的踪迹。有所谓"十大洞天"和"三十六小洞天"及"七十二福地"之说，仇池山就是洞天福地之一。第四，东汉末年以来，氐人杨氏率族群聚居于此，并逐渐割据称王，偏安建国，历时三百余年。

最后，诗圣杜甫由天水郡入蜀时途经仇池山，写下多首纪行诗。宋代诗人苏东坡因读杜甫诗而做梦，因梦境而题仇池石，等等，不一而足。

那么在各类史册典籍中，都是怎样描绘仇池山的呢？往下看。

《后汉书*南蛮西南夷列传》中记："山，成州上录县南。《三秦记》曰：'仇池县界，本命仇维，山上有池，故曰仇池。山在仓洛二谷之间，常为水所冲击，故下石上土。形似复壶。'"

《仇池记》上载："仇池百顷，周回九千四十步，天形四方，壁立千仞，自然楼橹却敌，分置调均，竦起数丈，有逾人功。仇池凡二十有一道，可攀援而上。东西二门。盘道下至上凡有七里。上则岗阜低昂，泉流交灌。"

《水经注》引："羊肠盘道三十六回，《开山图》谓之仇夷，所谓'积石峨嵯'者也。上有平田百顷，煮土成盐，故又名百倾也。"

《元和志录》录："仇池因山筑城，四面壁立，峭绝险固，石角外向。上有平地，方二十余里，田百顷，泉九十九源。"

宋代的《仇池碑记》云："当其上，群谷怀翠，流泉交灌"，"云舒雾惨，常震山腰，朝晖夕阴，气象万千。"

好了，史料和民间记载中介绍、描述仇池山的文字还有好多，因为大致相似，我就不一一摘录了。

仇池山是一座历史名山，山中自然有许多自然与人文的景观，我就简略地介绍几处。

八峰崖 八峰崖南接西高山，北依天子坪。八峰耸起于群山峻岭之中。崖前古松苍劲，野草丛生。站在崖前，可听到涧水流动的天籁之音。

八峰之中，"西峰"最为耀眼。其山腰高约 15 米。长约 60 米的天然洞穴，据说，洞内原有殿宇 14 间，造像 200 余尊，当地人称"八峰崖石窟"。建窟的年代已无从查考，但在唐代就已经存在。公元 759 年，杜甫从秦州去同谷时，从这里走过，并有诗为证，写下了《石龛》一诗，其中一句："驱车石龛下，仲冬见虹霓。"

根据明代万历年石碑及《陇右金石录》记载，在明代以前，该石窟仍十分完整。可惜，因为1960年的一场大火，木构建筑全部烧毁，现仅存残损泥塑造像90余尊和部分壁画，还存有明万历时所刻石碑1块，清代石碑5块。

关于"八峰崖石窟"，还有一个不靠谱的民间传说。据传，西晋元康年间，仇池国突遇大旱，饥荒遍野，氐王杨茂搜率众在八峰山下建造寺院，为民祈雨。祈雨当天就大雨倾盆。可能是杨茂搜等祈雨时用力过猛，大雨导致山洪暴发，一夜之间，刚建成的寺院被夷为平地，一座寺院没留下任何痕迹就不见了。杨茂搜等正郁闷之时，忽有人来报，寺院完好无损地被移到了离地百尺的崖洞里，崖洞就是今天的"八峰崖石窟"。

法镜寺　法镜寺原名石窟佛寺。后因杜甫从这里走过，并留下一首名为《法镜寺》的诗，故改名法镜寺。或者说，杜甫没从仇池山走过之前，并没有"法镜寺"，杜甫因何写出《法镜寺》？只能去问杜甫先生了。

法镜寺位于石堡村。石堡一带，石山绵延，色呈丹红，若彤云，若赤霞。山势从北而来，直通长道寒峡。自汉代以来，这里就是由秦入蜀的必经之路。当年，诸葛亮出祁山从此处走，姜维争夺陇右也从此处走。南宋时，抗金名将吴玠、吴璘父子，在这里与金兵缠斗，因建有城堡，这里也叫石堡城。

此地既有交通之便，又有山河之胜，加之丹霞赤壁的壮美，自南北朝以来，便有能工巧匠陆陆续续来这里开凿石窟，雕塑佛像。

石窟背靠五台山（陇南西和县境内），其山一支横插河畔，孑然挺立，似从天上飞来，故又名飞来山。山高十余丈，长不足百米，宽仅为十步，皆是石头构成，颇具风姿。山上有古井，井水不溢不涸，当地人称之为"宝泉盈池"。

因此山的石质松软，在造像时，工匠们大刀阔斧，石像多写意，也甚是传神。近观有些迷离模糊，远望则神采飞扬。其中，有些佛像相貌似番僧。唐代末，此地为吐蕃所占，这些番僧的造像，可能是吐蕃人所造。

杜甫在《法镜寺》一诗中有这样的描述，看来那时的法镜寺及周边环境是优美的。遗憾的是，杜甫没时间在那里闲逛，只留下一首诗，就匆匆奔着同谷去找"佳主人"了。

摘几句杜甫写法镜寺的诗在这里吧：

婵娟碧鲜净，萧摵寒箨聚。
回回山根水，冉冉松上雨。
泄云蒙清晨，初日翳复吐。
朱甍半光炯，户牖粲可数。

杜甫的这首凭空而来的诗《法镜寺》，让原"石窟佛寺"消失，取而代之的是法镜寺。或许，我们可以这样理解：这就是诗歌的力量，伟大诗人的力量。

岷郡山 盘龙横岭诸山，于西和县境腹部隆起，余脉蜿蜒北奔，至城南三里许戛然而止，峥嵘怒耸，一峰独秀。漾水河与赵五河汇流于山前，萨真人祠雄踞于山头。

此祠，俗呼为萨爷殿，不仅是当地胜境，也是全省闻名的道教宫观。祠内古柏巨槐，绿荫森森，清幽绝尘；祠前漫坡杂花生树，鸟声传韵。满目翠微清凉之间，山道弯弯；一带龙脊入云之处，殿阁隐隐。暮鼓晨钟，声闻十里，春秋佳日，游人不绝，四时八节，香烟缭绕。伫立远眺，一川烟树，万家城郭，尽收眼底，令人心旷神怡，百虑俱息，有飘然出世之感。

岷郡山古称独头岭，南宋绍兴年间改名岷郡山。绍兴元年（1131年），关陇六路失陷，岷州郡移治于长道县之白石镇（今县城北郊白水河北）。白石镇川平地旷无险难守，而金兵铁骑又不时进犯、又移郡置于此山，遂称岷郡山。绍兴十一年（1141年），岳飞入狱，宋金议和，南宋不但阻止抗敌，还诏令川陕宣抚司"保守现存疆界，不得出兵生事"，而且认贼作父，竟因"岷"字与金太祖完颜旻之"旻"同音"犯讳"而将"岷州"改名为"和州"，又因江淮之间也有一个"和州"，两地同名，不便区分，遂加一"西"字，称之为"西和州"。"西和"之名即由此而来，它与"西垂""西犬丘""西县"之"西"并无沿袭关系。但是，州名被官方更改，州署也迁回白石镇故地，无奈民心不服，岷郡山之名由民间沿称至今。

萨真人祠始建于何时，无从稽考。现存庙宇在清乾隆年间修建。山门坐南面北，门前东侧有萨真人墓，墓前有乾隆时西和县令王鸣坷所立之碑。进山门穿戏楼底而过，为戏场，戏场南侧钟鼓二楼之间有一过厅，为硬山卷棚顶式建筑，建于清同治元年。过厅后院南侧正殿供萨真人塑像，慈眉善目，白须拂胸，着八卦衣，端坐于须弥座上。西侧偏殿供王灵官，赤面金甲，三眼怒睁，手执神鞭，威风凛凛。东侧偏殿供杨四爷——一尊文静面慈的武将，不知是何方神灵。此院之后，为佛教丛林，供释迦、文殊、普贤、弥勒、韦驮诸像。

据道教文献记载，萨真人，名守坚，史称"蜀，西河人"。然考宋以来蜀无名西河之地。西和学者赵逵夫以为系"西和"之误，因宋时西和州属于蜀。赵以此意告诉《道教论稿》一书的作者，著名的道教学专家王嘉佑先生，王氏极表赞同。萨真人道号全扬子，生于北宋哲宗元符三年（1100年）九月二十五日。年轻时学医，用药失误致死人命，悲愤难抑，出家学道，拜宋徽宗时著名道士林灵素和张继先为师，研习道教法术，掌握了所谓"五雷秘法"，并收养湘人王善为徒。后王善得其道尸解，专司关上人间纠察之事，地位同佛教中的韦陀相仿，是道教护法神，人奉为"王灵官"，萨守坚被尊奉为"萨真人"，其门徒还成为道教符咒派中一大流派。据《青豁漫稿》载，明朝永乐年间，"杭州道士周恩得以灵官之法显于京师，附体降神，祷之有应"。明成祖朱棣就在紫禁城西边修建祖师庙和天将庙，供群萨守坚和王灵官，并封萨守坚为"崇恩真君"，王灵官为"隆恩真君"。据西和地方旧志所述，萨守坚曾"主持县境碧流里之龙光寺，后云游江楚……晚年又募化十方，在岷郡山重修庙宇，工竣即羽化于此山。今岷郡山有萨真人墓。清乾隆时邑令王鸣坷立有萨真人墓碣。

如按方志所述，则是在北宋萨守坚来到西和之前此山已有庙宇。庙在何处？可能在萨真人祠后首余米处的"魁星楼"，也可能在西侧山麓漾水河岸之"庙湾"。当地父老相传，这两个地点从前都有寺院，而且近年来都有建筑的残存物出土。

盘龙山　　在西和县城东南三十里，崇山屏列天际，望之青苍如黛。上有溶洞曰"盘龙"，吞吐烟云，莫测深浅，泉漱于石间，叮咚成韵。县志列为八景之一，称为"龙洞祥烟"。山以洞名，俗呼洞山。

乘车沿西成公路南行至横岭山，于一片葱茏之间领略漾水河源九眼泉风光之后，沿新修的盘山公路扶摇而上，即达盘龙山顶。沿路山涧崖坡，怪石林立，如雄狮猛虎，巨驼大象，苍苔斑驳，夹路横卧。停车启步行里许，山坳悬崖之阴，青藤掩映，幽幽现出一个洞窟。洞窟广阔如大厦，迎面悬垂桌面大块青石，扣之锵然有声，俗呼"石钟"。石上刻"盘龙洞"三个大字，其下刻有一联曰：

温泉嫌浴冷　飞云怯风凉

书体行草兼具，笔墨气势飞舞。洞壁东侧石崖间，尚保存古人摩崖石刻题咏多处，有一序，记述洞名之由来："洞门三进，湫在最深处，涓涓不竭。有石龙盘于空际，蜿蜒如生，因名其盘龙洞。"序后有诸人联句长诗一首，记述当年旱魃逞虐、苗死禾枯时，县太爷率全县官绅在此赤脚随巫师拜舞求神祈雨之惨烈情状。泉水从"石钟"后潺潺泻下，清亮如银，在洞内汇成盈盈代潭，光洁可鉴，钟乳石犬牙交错，风声呼呼，阴气逼人，虽六月炎暑亦令人寒彻骨髓。愈深愈狭，幽邃昏暗，罕有能探其奥秘者。

按洞壁摩崖题记所述，在清朝乾隆年间，此洞周围还满是苍松翠柏，洞中流水也远比今日充沛，洞口还建有凉亭，为本县避暑胜地。可是，由于长期滥垦乱伐，此山早在四十年前已无灌丛和茸茸浅草，只剩盘盘巨岩。

云华山 云华山位于西和县城东北15公里处的稍峪乡，海拔约为2100米，山在塔子山后面，悬空独立，腹壮、顶尖、根小，似萝卜形，石质，四周多在空中，只有下方与塔子山以"天桥"相连。天桥宽不足一尺，山顶有庙，小巧玲珑，占地不足20平方米。从前面山上望去，惊险俏丽，恰如"金瓶似的小山"。香山舍身崖虽险，但可背靠大山，而云华山顶孤柱一突，四周全无依赖，倍感身游云外。现在山上的小庙是新建的，山坡陡路有了水泥台阶和栏杆，好走得多了。山门上有四字"人间天上"。

凤凰山 凤凰山在西和县城之北25千米，与祁山隔西汉水遥遥相望，为西和县及礼县的胜景。凤凰山夹于一河一溪之间，山头迥然特起，与他山不相连属。因其山头低而突起，山体向后延伸，愈伸愈高，宛然似一凤头，因之得名。山又与邻山近水呼应，所谓"前朝龟嘴，后应龙冈，右带塔山，左环汉水"，尽览一方之胜。西和、礼县善男信女争相朝拜，楼台殿宇亦极尽一方之盛。凤凰山庙宇建筑规模之大算得上全县之冠。其创建历史，据该山"补修圣母地师金象碑记"称，"起自西汉"，虽有夸张，但也不会太晚。凤凰山建筑，屡毁屡建，不可穷究。现存寺庙为重建。前有戏台，后有奎星阁，中间连进五院，随地势升高，拾级而上，一阶一院，每院各设门庭，四周花木掩映，与门墙争辉，自成一景。山上地域开阔，寺院红墙之外，芳草漫坡，绿树成荫。俯瞰山脚，村庄农舍，鳞次栉比，农田地块，阡陌交通。眺望四野，全县各山峰历历在目。有一棵百年梧桐，至今根茂叶荣，枝强干壮，其上有斧砍痕迹，游人到此树前，尽皆指点不休。

云雾山 云雾山位于西和县城南偏东10千米处，其东为张集村，其西为小页村，属赵五乡。山顶庙宇坐南向北，一进三院，北方有戏场戏台，共有旧房屋45间，正殿供无量祖师，依次有十殿阎罗、娘娘、骸魂爷等神像。1969年，庙的木石等材料由孟元大队原封不动抬至山下改建为学校。1989年前后，又由当地群众将旧木石全部搬至山上，按原建筑形式全部套建，所添木料不多，所以云雾山现在的新庙的方位、结构均未变动。

云雾山东面山脚下有二郎祠，一进三院，供水龙王。山沟前有水过凉亭三间，下有泉水甚旺，称"毓龙泉"。清代西和县令王鸣坷（定州人）于1764年在此立碑，并刻自作《毓龙泉石刻诗》一首云："巡省何劳课问频，龙潭深护万家春。作霖用沛田畴足，祷祝同呼位次尊。只有风云呈变态，难凭父老证前因。嘉名一自题泉石，水光山色两并新。"又有王之栻（号西畦老人）诗曰："龙自何来胡住此，忽于平地涌流泉。云垂天末阔如海，雾绕山根曲似川。泉气连空昏暮雨，雷声起涧隐湍渊。方壶弱水地灵杰，山是三山龙是仙。"又有谢瘣（号赤岩道人）《毓龙泉记事二绝》其一："云雾山头云雾起，霎时散作霖雨止。村村击鼓报龙神，处处儿童皆欢喜。"其二云："听罢儿童击壤歌，鱼龙鼓翅兴婆娑。大书特书石上字，付与山灵总不磨。"

侯家庙 侯家庙位于西和县城南关西后街（现名西后巷），以街为界，东面是城隍庙寝宫背墙，西面是侯家庙山门，它的建筑一直向西延伸。至西城墙为界，共有5个台阶。侯家庙是西和县庙宇最多、塑像最多的宗教场所，也是布局精巧、建筑高超、环境幽雅、景色宜人的艺术殿堂。它始建于何时，当初古人何以"侯家庙"称谓，现在都无从查考。从数年前最后拆除的一座古戏楼中的"记事牌"来看，为明代万历年间所建。可见其庙宇比戏楼更早。尤其是著名的"四绝树"，非几百年时间难成其材。"侯家庙"集庵、观、寺、院（八仙庵、青阳观、凝禧寺、紫竹院）为一体。另外，还有3洞1宫（菩萨洞、万普仙洞、祖师洞、文昌宫）和1殿1祠（三官殿、董公祠）。全庙共有大小泥塑神像243尊，个个栩栩如生，惟妙惟肖，独具风韵。尤其是全部以紫铜铸造的无量祖师巨像，檀香木雕成的韦驮像，堪称稀世珍宝。另有"四绝"，亦为罕见，称为千秋苍柏、万年椿树、盘古黄杨（盘盘树）、奇寿大槐。

侯家庙共占地面积20余亩，有庙宇16座、71间，僧房14间，厕所6间，牌坊8座，钟楼1座，八角亭1座，古戏楼1座（未计楼亭）。

皇城 皇城又名凤山、凤凰山，是与西和县城西城后紧连的一座山，与城东的观山相对，相对高度和观山相当，约100多米。在人们记忆当中，皇城顶上一直没有任何建筑。不过山上种地时经常出土砖瓦和文物。皇城顶以东下来的几家农户跟前有一大块田地，过去叫"碑座子地"，地中间有方形巨石一块，是一个古代的碑座，是不知什么时候立过碑的遗留物，当地人叫"石牛"，现在早已没有影子了。后来才知道这块大石在1960年被打碎运到晚家峡修水库顶了。

自1992年，群众自发地在皇城顶上宽阔平坦的地里建起了三间四坡顶观音菩萨正殿。1996年，又在正殿前面建起一座环廊大殿。1999年，立起了钟楼一座。2002年，还建了父王殿楼一座。皇城建筑已粗具规模。

皇城不是一般的"隍城"，它有着悠久的历史，可能和秦人祖先有关。礼县大堡子山秦公墓离这里不到30千米。秦人墓的地点和秦人宅的位置不同，但不会太远。皇城也应当是某一位秦先人的住地，后来便成了香山传说中的菩萨父缪庄王的借居处了。

近年来，西和县政府把皇城定为"皇城森林公园"，把观山定为"观山植物园"，为两山的建设和开发开辟了新的方向。后来，东西两山已铺好了正规的水泥公路，车辆和游人可以不管风吹雨打上下自如。还在适当地点修建了牌坊、凉亭等华美景观。尤其值得庆贺的是在皇城的大块高地上正在修建《仇池碑林》，这对仇池文化的整理与发展大有好处。多年来两山实行了"退耕还林"，一个林木茂盛、人文荟萃的森林公园在不久的将来一定会展现在大家眼前。

朝阳观 在西和县城之正东，过了漾水河，有一座绿树成荫、郁郁葱葱、雄姿秀美的山。上有一观，因早晨常沐浴在朝霞绚彩之中，故名曰朝阳观，此山又以观得名为观山。

过去，此观四季香火旺盛，游人不绝。每逢正月上九会，五月端阳庙会，七月十五中元会，更是人山人海，繁华异常。香客之虔诚、场面之浩大，无词可以喻状！

朝阳观是一寺一观，但原以观为主，相传此观早在唐以前就有。因其山自古为战略要地，庙北山嘴称"将军台"（据挖掘出土的一册簿书上所书之名为黄真将军），后因南宋吴玠、吴璘常于此扎营，又称"吴营墩"，其墩于1954年后掘平为地。朝阳观屡遭兵火之劫，又常被百姓恢复。所以，庙史悠久，古迹繁多。

　　不知何时在一次战火洗劫后，百姓重建了朝阳观。先建了祖师殿，并在其北侧修了护法神王灵官之殿（按道家之规，护法神应建殿于观之山门外）。后人续建时，在祖师殿后修建了老君殿，左侧隔一小院建了财神殿、吕祖殿，南侧修了娘娘殿。中华民国时期，祖师殿前又续建了天爷楼，两侧又修了偏殿，供奉诸多神灵之牌位。前面又修了南天门，南天门两侧连体修有钟楼和鼓楼，北侧是土地祠，南天门前是山门，山门外开辟了戏场，修了戏台，使其成为一进四院的大型建筑群落。其建筑雄伟，雕工考究，塑像绝伦，绘画精湛，曾是西和县最负盛名最有保存价值的名胜之一。

　　然而，不幸在1960年腊月初八日之凌晨，这座凝聚几代贤达和能工巧匠心血的建筑群被焚毁。民众因故扑救无力，只得望火兴叹，任其在滚烟飞灰中销迹！

　　改革开放后，西和县也和全国其他城镇一样，开始了旧城改造。西和县人口密度很大，县城内却没有一个理想的游览憩息的地方，所以，大家把目光一致投向了观山，把观山建设为公园最为合适和必要的。因此，为协助县政府搞好旅游开发，恢复名胜古迹景点，给西和人民创造一个美好的休闲去处，一些热爱乡土的热心者，成立了"朝阳观公园古迹修复理事会"，开始了恢复名胜古迹工作，将把观山建成一个古建群落林立，公园式的旅游休闲胜地。

自1992年以来，已逐步修成了祖师殿、三阳宫、财神殿、三清宫等。2002年，又复建了主体建筑"灵霄宝殿"（俗称"天爷楼"）。此殿为木结构重檐式，面宽5间，进深3间（未包括廊檐），占地面积334.4平方米。典雅肃穆，雄伟壮观，是西和县最精致气派、气壮山河的宏大建筑，其高大雄伟可称一省之最。之后又相继复建了偏殿、南天门、钟楼、鼓楼、山门等建筑，使观山成为名副其实的文物名胜古迹。

朝阳观还把寺从观中分出，在北面的原吴营墩处，建设一座正规的佛教寺院，并取名"金凤寺"，以示"金凤朝阳"之意。

烧香台 烧香台又名金沙寺，在县南石峡镇，距八峰崖十余里。寺建于烧香台之上，故名。寺居于一孤峰之上，右有石峡河，左有六巷河，两河相汇，一峰耸起恰成绝妙胜处。寺庙建于清康熙至咸丰、同治年间，后被毁。1989年起，由当地群众陆续重建。共计前后十院并被戏台分隔。金沙寺庙宇建设规模不似他山高大堂皇，而依山布势，巧构玲珑。加之山处群山环抱之中，双水交流之处，林木繁茂，水声激荡。迷人之景，美不胜收；悦耳之声，美不胜听，自有一番别致。盘山通寺公路，近年已经修通，方便了西和、成县两县民众每年农历四月初八举办庙会，四方游客，络绎不绝。烧香台已成为一个新辟的旅游景点。

佛孔寺 马元乡佛孔村，有山名金鼎山。山为赤壁丹崖，高四十余米，似麦积而小。崖上凿有石窟四层，列塑仙佛。壁底石窟龙深，又依形势建庙，错落有致。左侧有泉名龙眼，四时滴水不息。后庙毁，今重建。崖顶可由山之背面而上，曲径蜿蜒，芳草茸茸。山顶不足半亩，绿树交柯，藤蔓垂壁，举目四望，一乡之景，尽收眼底。佛孔寺历史十分悠久。据已毁之碑记载，寺始建于北魏太和年间，再建于唐玄宗开元三年（715年）。可知建设时间与敦煌、麦积山及本县法镜、八峰各寺相当，实为西和县一胜迹。

好了，关于仇池山地区及西和县境内的一些历史人文景观，就介绍到这里。

接下来，我要踩着杜甫脚印，从仇池山下走一次。

第七章

仇池山下的杜甫

从"致君尧舜上,再使风俗淳"的杜甫,到"何时一茅屋,送老白云边"的杜甫,再到"中原无书归不得,手脚冻皴皮肉死"的杜甫,最终到了"无边落木萧萧下,不尽长江滚滚来"的诗圣杜甫。

第七章 仇池山下的杜甫

759年,在历史长河里,就是一个普通的年份,和959年、1059年、1959年一样是个年份。但是,在中国文学史中,759年却是一个重要的年份。这一年,杜甫辞去了华州司功参军这个政府公务员的工作,开始颠沛流离,直面现实生活,直面苦难,筚路蓝缕,最终成为中国历史上最伟大的诗人。

我说杜甫是中国历史上最伟大的诗人,也许有些人会不高兴,认为屈原、李白都是伟大的诗人,为什么杜甫是最伟大的?萝卜白菜各有所爱吧。有人说:少年爱李白,中年爱杜甫,老年爱东坡。我比较另类,我从接触唐诗宋词开始,就无比热爱杜甫和苏东坡。

我承认屈原、李白的伟大,但我独爱杜甫。如果让我再多爱一个伟大的诗人,那就是苏东坡。

屈原当然是伟大的诗人,但是他把自己的艺术生命和政治生命紧紧地绑在一起,他至死都不相信政治家和权力机构是苟且的、背信弃义的,所以,在他政治生命结束的时候,他的艺术生命就终结了。从表象上看,屈原是胸怀天下,以爱国爱民为己任的,而本质上是天真的。

当然,比屈原更天真的是李白。只有在他被流放夜郎的途中(759年)遇到唐肃宗大赦天下,重获自由身的他才顿悟:诗人的才华与爱心,仅是政治家需要时的工具。于是,在释放完"两岸猿声啼不住,轻舟已过万重山"的愉悦之后,才明白"唯有敬亭山,相看两不厌。"

在历史的经验里,心怀善良、美好的诗人,又不懂权术,一味地想爱国爱民,最终的结局都比较凄凉、惨淡。

在国王、皇帝的心里,除了金銮殿之外,其余都是可有可无。

不说屈原与李白,接着说杜甫。

759年,是唐肃宗的乾元二年。

这一年,是杜甫人生的一次大转折,艺术生命的大拐弯。杜甫也是中国历史上唯一经历大奔波之后,涅槃重生的诗人。这一年是他诗歌成就集中体现的一年,没有这一年,也许我们看到的不是今天的杜甫,没有这一年,"诗圣"之称号也不会落到杜甫的头上。

闻一多先生撰写的《少陵先生年谱会笺》,对杜甫这一年的经历有一个概括的罗列,我抄录如下:

"公四十八岁。春,自东都归华州,途中作"三吏"、"三别"六首。时属关辅饥馑。遂以七月弃官西去、度陇、赴秦州。至秦,居东柯谷。是时,有《梦李白二首》、《天末怀李白》、《寄李白十二韵》。又有寄高适、岑参、贾至、严武、郑虔、毕曜、薛据及张彪诗。时赞公亦谪居秦州。尝为公盛言西枝村之胜，因作计卜居。置草堂，未成，会同谷宰来书言同谷可居，遂以十月，赴同谷。途经赤谷、铁堂峡、盐井、寒峡、法镜寺、青羊峡、龙门镇、石龛、积草岭、泥功山、凤凰台、皆有诗。至同谷，居栗亭。贫益甚，拾橡栗掘黄独以自给，居不逾月，又赴成都。以十二月一日就道，经木皮岭、白沙渡、飞仙阁、五盘岭、龙门阁、石柜阁、桔柏渡、剑门、鹿头山，岁终至成都，寓居浣花溪寺。时高适方刺彭州，公甫到成都，适即寄诗问讯。"

我的天啊！这么一长串的地名就是杜甫在759年这一年来走过的日日夜夜。在当时的交通条件下，携家带口，长途跋涉，身无分文，我们可以想象他经历了多少磨难。

杜甫为什么辞职？至今说法不一。我们先看看在759年发生的另一件事：史思明称帝。

安禄山死后，史思明归守范阳。同年冬，史思明遂以所领十三郡及兵马8万降唐，受封为归义王、范阳节度使。759年三月，史思明杀了安庆绪，回到范阳。同年四月，自称大燕皇帝，改元顺天。同年九月举兵南犯，攻陷汴州（治今河南开封）、洛阳。761年二月，败李光弼军于洛阳西北的邙山，唐朝的宫廷为之大震并恐慌，于陕州（治今河南三门峡西）屯兵备御。史思明素爱少子史朝清，欲立之为太子，遂命长子史朝义攻陕州，不克。同年三月，史思明被史朝义与部将谋杀。(《中国大百科全书》)

我不想在这里絮叨"安史之乱"，但是，没有"安史之乱"，唐朝不可能那么快就走下坡路，杜甫就不可能辞职，也不可能成为"诗圣"。所谓：国家不幸，诗家幸。

史思明和唐朝的军队在中原大战的时候，杜甫刚在洛阳完成省亲返回工作单位华州。一路上，杜甫看到的是焦土遍地，满目疮痍，百姓流离失所；唐王朝为了与史思明的战争，蛮横征兵，残酷征税。这一路的所见所闻让杜甫心如刀绞，"朱门酒肉臭，路有冻死骨"。不由得开始怀疑唐王朝统治的正确性，怀疑肃宗皇帝现在是为自己的金銮殿而战，不是为黎民百姓的安定生活而战。

杜甫还没到达华洲，证明杜甫立场的诗歌"三吏""三别"就已问世。

"三吏""三别"以不同的艺术手法和不同的角度描述了这场战争中黎民百姓的遭遇。"三吏"叙事夹带问答，"三别"是纪实性记录送行者和出征者的言辞。"三吏"描述战争的直接参与者——吏（兵士），而"三别"描述吏的家人所受的遭遇，更加惊心动魄，更感人至深。值得注意的是，无论是"三吏"还是

"三别",在感情的表达上是多层面的,更是递进的。从《新安吏》所写的"中男绝短小,何以守王城"到"士卒何草草?筑城潼关道"的《潼关吏》,再到《石壕吏》中"吏呼一何怒,妇啼一何苦",还是被强征入伍的老妇人,都说明那场战争把百姓拖入了如何困苦的泥沼。而《新婚别》写的是"人事多错迕,与君永相望"的新婚还没过三天的新媳妇,《垂老别》写的是"子孙阵亡尽,焉用身独完"的老父亲,《无家别》写的是因溃败而回家的兵士发现这时家人已经失亡殆尽,但征兵的人又上门来了。

诗的最后是说,现在去当兵,已经没有家可以告别了,能活到现在,对于一己之身的生死已经是无所谓了,而想起已长眠地底的母亲的生养之恩,还是禁不住悲从中来。如此这些让人痛彻骨髓的诗句,应该能抵得过那些当政者们为了发动战争而发出的千百句豪言壮语了吧。而历史上的当政者一直是这样的,他们能听到御用吹鼓手们的花言巧语,但总是听不到来自百姓的最真实的声音,也许这不仅是历史的悲哀。

在回华州的途中路过蒲州,杜甫遇见一姓卫的青年时的朋友,这应该是一位看淡名利,自适其时的高人吧。于是,杜甫写下了一首《赠卫八处士》的诗,将人生无常、沧海桑田、世事苍茫难料的心情表达得淋漓尽致,也为后来的辞职埋下了伏笔。因为我非常喜欢这首诗,故节录:

> 人生不相见，动如参与商。
> 今夕复何夕，共此灯烛光。
> 少壮能几时，鬓发各已苍。
> 访旧半为鬼，惊呼热中肠。
> 焉知二十载，重上君子堂。
> ……
> 十觞亦不醉，感子故意长。
> 明日隔山岳，世事两茫茫。

杜甫回到华州任上，没过多久，就主动辞去了华州司功参军的职位。这个没过多久的时间，就是杜甫纠结、咬牙的时间，就是最后下定决心辞去公职的时间。

说到这，那些认为杜甫是被免职，或因为思念李白而辞职的论调，我都不同意。

目前，猜测杜甫辞去华州司功参军一职的原因有许多种，有些猜测还比较荒诞。总结一下，关于杜甫离开华州公职的原因大概有这么三种：第一种是被罢官。此种说法是根据杜甫自己的诗《立秋后题》："平生独往愿，惆怅年半百。罢官亦由人，何事拘形役。"因为诗中有"罢官"二字，所以有了"罢官说"。《新唐书》还加以更进一步的阐释：因为杜甫在任上"荒怠政务"被朝廷罢免。

说杜甫会"荒怠政务"，我不敢苟同，从杜甫的诗中可以看出,杜甫做事一向认真,说其"荒怠政务"岂不是把他的人品、官品都给拉低了?如果说"天子呼来不上船"的李白"荒怠政务",我会相信。

至于"罢官亦由人,何事拘形役"中的"罢官",应该不是被"罢官","罢"字虽然有被免的意思,但也有"终止"和"结束、完成"的意思。为何不是杜甫自己终止了职务?让自己的官场生涯结束?如果让我把这句诗翻译成现代汉语,是这样:做不做官由我做主,不能让官府、官服、官场限制了我的人身自由。

还有,杜甫这首诗是从陶渊明《归去来兮辞》中的两句化用而来。陶渊明有:"既自以心为形役,奚惆怅而独悲"。所以,我更愿意认为杜甫是为了向陶渊明致敬才辞职的。

第二种是主动辞职。杜甫为什么要弃官,结合当时的史实来看,应该是出于以下三个原因:一是因为"关辅饥馑",大乱必有大灾,经济状况是每况愈下;二是因为是从天子近臣贬为地方小官,特别是在从洛阳回到华州的这段经历,他看到了黎民百姓颠沛流离的惨状,更感受到黎民百姓家破人亡的悲痛,使他对前途充满了绝望;三是由于当时朝廷上层的权力斗争,权臣李辅国为了巩固其地位,发起了党争,当时朝中主要欣赏杜甫的人房琯已经被排挤出了权力中枢,这些应该是杜甫弃官的最重要的原因。

我支持"弃官说"的观点,而且后文还会阐释我的观点。

第三种说法是：因为想念李白而辞职。理由是杜甫自己写了诗："满目悲生事，因人作远游"，于是有人推断这个"因人"之人是李白。太一厢情愿了。那时的李白还在监狱里，杜甫辞职就能救出李白吗？杜甫不就是替房琯说几句好话，才被贬到华州的吗？还有，杜甫辞职离开华州并没有去找李白，而是去秦州找侄子杜佐。那么，这个"因人"之人是何人？我愿意现实地猜想，杜甫为了一家人温饱，应该是找亲人或朋友资助生活所需。秦州有亲人杜佐，也有好朋友大和尚赞公。所以，说杜甫因想念李白而辞职，是荒唐的猜想。

我相信杜甫是主动辞去官身，当然也承认杜甫的官场失意。更重要的是，只有杜甫主动辞职，才会有他后来的淡然、坦然，对自己命运的重新认识。

想想当年唐肃宗刚刚登基，杜甫满怀一腔热血和万丈豪情，把一生的理想、期望和后半生的生命和情感全都寄托在唐肃宗身上，"麻鞋见天子，衣袖露两肘"，虽然是身穿破衣烂衫，但内心已是鲜衣怒马。当得到左拾遗的官职后，就"涕泪授拾遗，流离主恩厚"，那时的杜甫多么单纯、多么忠君。满以为此后就可以使出浑身解数为国尽忠，为民解困，为君效劳了。可是，左拾遗的官服没穿几天，就遇到了唐肃宗借故罢免宰相房琯的事件，杜甫开始犯傻了，幼稚了，竟然上书力谏，陈述房琯是怎样有才学、怎样有能力，且指责皇帝罢免房琯是错误的，是一个昏招。

第七章 仇池山下的杜甫

这就是天真,诗人的天真。觉得皇上给自己一个官儿,自己就是皇上的至亲至爱了,根本不知道在皇上眼里,除了屁股底下的龙椅,其他都是可有可无,都是顺我者昌逆我者亡。

杜甫的进谏触怒了唐肃宗,下诏将杜甫交付刑部、御史台、大理寺三司会审,要杀了杜甫。幸亏宰相张镐、御史大夫韦陟相救,杜甫才免于一死。死虽免了,但是杜甫被贬为华州司功参军(九品官)。当初理想的彩色泡泡有多么绚烂,现实中就有多么苦涩与悲怆。杜甫在"愤懑与无奈"(《官定后戏赠》)中,一边接受被贬的事实,一边对唐肃宗、对唐朝政府失去了信心,再也没有"致君尧舜上,再使风俗淳"的政治理想了。

杜甫对唐肃宗失望,对唐王朝失望,但并没有抱怨。杜甫懂得:抱怨是人生最无意义的事。所以,杜甫的诗中,基本看不到抱怨,即使在同谷县被骗,一家老小活得艰涩,他也没有抱怨一句。

杜甫辞职的时候,除了"安史之乱"的战争还没结束,还有关中大旱,粮食几乎绝收,物价飞涨,民不聊生。这些状况,杜甫已在"三吏三别"中描述得很详尽。

尽管华州司功参军的工资不高,但是让一家人不会被饿死应该没问题。杜甫选择辞职,首先是求得身体的自由,然后是接受那个时代的饥饿。

"安史之乱"以来,唐朝的百姓一直在忍受着饥饿,唐朝所处的时代也在忍受着饥饿。人的胃腹之饥是小饥饿;时代混乱不堪，国家不知何去何从，百姓的疾苦程度已达到极致，甚至已经饿殍遍地，政府不但不伸手解决，还横征暴敛，这是时代的大饥饿。

对于一个诗人而言，吃饱喝足仍然觉得饥渴，仍然有精神的惆怅与失落，这就是大饥渴。相对于用职位俸禄填饱肚皮的小饥渴，大饥渴是一种不屈的力量，是心怀天下之饥，恨天地不公之情，与众生合一之愤的信念。这不是今天的"愤青"，这就是为什么要辞职的杜甫，这就是辞去公职后的杜甫。

还有，在"安史之乱"爆发后，杜甫耳闻目睹了唐王朝的恐惧、苟且、众叛亲离、混乱不堪以及帝王贵胄的极端利己，不顾天下黎民百姓疾苦的状况。他这个深受儒家正统教育的人，开始怀疑儒家思想的迂腐，但是他对孔子无比尊重，重新领悟"君子不器"。"君子不器"就是我不能让那个混账的皇帝摆弄来摆弄去。所谓：君子谋道不谋食。道，是自己为自己选择的人生之路，是诗人充盈着傲骨的高贵之路。

杜甫从华州直奔秦州。为什么去秦州？侄子杜佐在秦州颇有资产；老朋友赞公和尚也在秦州。还有，那时的秦州受战乱的影响不大，是那个时期比较富裕的地区。《资治通鉴》上有这样一段：唐玄宗天宝十二年（753年）八月载"是时中国盛强，自安远门西尽唐境凡万二千里，闾阎相望，桑麻翳野，天下称富庶者无如陇右"。陇右者，秦州是也。

但是，杜甫在秦州并不愉快。侄子杜佐对他们一家六口

（两儿一女一妻一弟）的帮助有限，与赞公和尚的交谈也很难尽兴。

事与愿违啊！可是，现实逼得杜甫必须接受事与愿违。而且，杜甫在事与愿违中悟出了很多人生之道、生活之道，特别是诗歌创作的新生之道。

有研究者说，杜甫诗歌的转变就是从秦州开始。林继中先生在《陇右诗是杜诗枢纽》一文中写道："去两京而客秦州，是杜甫离开朝廷政治中心的决定性一步，从此不再回头。这是杜诗的一大关节。"这个观点我很赞同，秦州的杜甫是"向诗要命"的开始，是向"诗圣"进发的第一步。

温虎林先生在《杜甫陇蜀道诗歌研究》第三章有这样一段："杜甫人生以及诗歌的转关就发生在陇右，陇右之前，杜甫思想上充满积极用世的儒家情怀，所以其诗歌积极关注社会、关注民生，充满战斗性和现实性，现实主义的代表作都是这一时期完成的。虽然这一时期也接触过赞公，也游历过好多山林寺庙，但对其思想的冲击并不深。而到陇右后，杜甫多了山林寺庙之游与田园隐逸之趣，也明显地关注'我'的生活，考查杜甫这一时期的行踪与交游，不论在秦州还是在同谷，都走近山林寺庙以及田园，结交的也是佛道中人，诗歌反复描写云与鸟等意象，处在人生落潮期的杜甫儒家思想在弱化，此时他渐渐接纳佛道思想以求释怀，故陇右是杜甫接受佛道思想以及诗歌境界转关的分水岭。"

胡可先先生在《杜甫诗学引论》一文中这样说:"安史之乱之前,杜甫以儒家思想占上风;而安史之乱之后,以佛道思想占上风。"

我猜想,杜甫原本是准备把秦州当作"桃花源"的,他刚到秦州时写的一些诗,有着明显的佛道两家的意象,尽管生活状况不佳,但也有不问世事,享受清静的"躺平"倾向。

他在《野望》一诗中这样写:"清秋望不极,迢递起层阴。远水兼天净,孤城隐雾深。叶稀风更落,山迥日初沉。孤鹤归何晚,昏鸦已满林。"诗歌虽然表现的是秋景,可是,不但没有凄凉,反倒是多了一些祥和与静谧。还有《秦州杂诗》其九:"今日名人眼,临池好驿亭。丛篁低地碧,高柳半天青。稠叠多幽事,喧呼阅使星。老夫如有此,不异在郊垌。"通过这首诗,我们来看看此时杜甫的心境:一丛丛的竹子,一片小洼地,一排排挺拔的柳树和一个驿站的凉亭,都让自己眼前一亮,心生欢喜。并自忖:我有这么一块地方住下来,多好啊!

通过这一时期的诗歌,我们已经看到杜甫亲近大自然、寻求自适乐土的避世心态,同时这些诗歌也充分展现了他此时的桃园情结。

一个诗人,突然笔下都是大自然的风光,都是对恬淡、宁静的热爱,基本是对政治失望而借自然风光来平复自己的。比如陶渊明、王维、孟浩然与陆游等。所以,历史上没有真正的"田园诗人"。

第七章 仇池山下的杜甫

杜甫在秦州写了《秦州杂诗》二十首，显然是为了对应陶渊明《饮酒》二十首的篇数。

好了，关于杜甫在秦州就叙述这么多吧。

我原本想对杜甫辞职后，在秦州生活时的思想转变及诗风转变大加阐述，但是，过多地写杜甫在秦州会减弱本文的主题"仇池山"的分量，最主要的是，有那么多先生论述在前头。

杜甫原本是带着不问世事的心态来到秦州，现实却让他认识到不解决一家人的温饱，是不能"躺平"避世的。

杜甫在秦州五个月，搬了三次家，原因是侄子杜佐也生活艰难，对他一家的帮助已经非常有限，老朋友赞公和尚也离开了秦州，所以，他必须自食其力。在秦州，杜甫曾自己上山采集草药，当街叫卖。

求生存是人的本能，无论是当街叫卖，还是给杜佐写诗让其送些粮食蔬菜来，都是求生存的一种方式。但是，普通人活着就是让肉体活着，而此时的杜甫已经大彻大悟，看破了生活给他带来的苦难。他要不断地简化苦难或压缩苦难，把苦难当成一座炼狱，相信自己，虽然忍耐和坚持是痛苦的，但挺住了眼前，未来就会获得自己想要得到心里宽裕。

毫无疑问，杜甫到秦州后，感受到了又一次的事与愿违。但这一次的事与愿违，让杜甫像穿了铠甲，练了"金钟罩"一样，有着非凡的抗击打能力。当然，这和他在秦州半年来接受佛道思想有关。他不再热血沸腾，不再鲜衣怒马，转向内敛，内省和平静地接受现实。

但是，秦州是生活不下去了，恰好此时接到同谷县的"佳主人"的书信，请他一家到同谷去。于是，他就举家由秦州向同谷。

出秦州，过礼县，就进入西和县仇池山地区。

杜甫在《秦州杂诗》中，有两首写到仇池山。《秦州杂诗》之十四："万古仇池穴，潜通小有天。神鱼人不见，福地语真传。近接西南境，长怀十九泉。何时一茅屋，送老白云边。"《秦州杂诗》之二十："藏书闻禹穴，读记忆仇池。"其实，早在757年，杜甫在长安时，曾写《送韦十六评事充同谷郡防御判官》，此诗也提到过仇池山："受词太白脚，走马仇池头。"但是，这三首诗提到仇池山时，杜甫并没有去过仇池山，是因杜甫读过《仇池记》这本书，虚写其景，以表达"送老白云边"的隐逸理想。

《仇池记》也有《仇池地记》一说。其实是一本地理志。相当于现在的某山某地的风景名胜推介，或旅游攻略。让杜甫心驰神往的仇池山，就是缘于这样一本书。

一个优秀的诗人，不必亲临实地，完全可以根据资料结合自己的情感经验写出优秀的诗歌。此类作品，古今中外比比皆是。

那么，杜甫过境西和县，登上过仇池山吗？没有！

杜甫从秦州至同谷，再由同谷到成都，一路像写日记一样处处诗之，如果杜甫真登上过仇池山必定会留下诗篇。历史学家严耕望先生在《严耕望史学论文选集》中写道："按杂诗卒章云：'读记忆仇池。'盖因杜翁感时事日非，无能为力，因读仇池地记，有通天福地神鱼清泉之胜，而心向往之，遂萌遁隐之志耳。"

清代大学士仇兆鳌先生在《杜诗详注》中说："穴池通天，见其灵异。神鱼，福地，据所闻而称述之。名泉近而曰'长怀'，总属遥想之词。送老云边，公将有终焉之志矣。观末章，'读记忆仇池'，则前六句皆是引记中语。"

好了，史学家严耕望和杜诗研究者仇兆鳌都为我们解释了杜甫为什么多次写到仇池山。于是，我们可以这样理解：杜甫通过读《仇池记》，为书中所描述的仇池山景色所倾倒，并希望把仇池山作为送老的理想之地。当然，这也与当时杜甫有着强烈的隐居愿望有关。

那么，当时杜甫为什么会把仇池山作为理想的遁世卜居之地呢？

温虎林先生给出了三条理由，我就原文照抄："首先是仇池地域的僻远与险要，曾经有四方之民归附。《宋书·氐胡传》：'杨茂搜'率部落四千家还保百顷，……关中人士奔流者多依之。'

"其次，是自然条件的美好，南宋《仇池碑记》云：'当其上群谷环翠，流泉交灌，集而成池，广阴数亩，此世传仇池之盛，且神鱼闻于上古，麒麟瑞于近世，有长江穷谷以为襟带，有群峰翠麓以为黼藻，虽无琼台珠阁、流水桃花，其雄峻之状，壮丽之观，即四明、天台、青城、崆峒亦未过此，非轻世傲物餐霞茹芝者，似莫能宅之。'

"再次，是伏羲生处，深厚的人文底蕴，仰慕羲皇，追寻遗风。"

温虎林先生这三条，可归纳为：仇池山有历史遗存，人文文化厚实，风光秀丽。这三条是不是足以让杜甫安身隐居？我不敢肯定，但是根据彼时杜甫的心态是有可能的。不过，那时的杜甫还是比较天真，以为找一个野逸之处，不问世事，就可以写诗喝酒，终老一生。而残酷的现实让他最终放弃了隐居避世的想法。因为他没有隐居的条件，陶渊明隐居还可以找邻居讨几瓢米度日，那时的杜甫找谁讨米？

活着不仅是为了吃饭，但是活着必须有饭吃！

杜甫必须找到能供养他一家人吃饱穿暖的地方，才有资格去想隐居避世的事。于是，又一次犯了天真的病。"邑有佳主人，情如已会面，来书语绝妙，远客惊深眷。"看看，接到一封言辞华丽，包打天下的信，就感动得浑身发烫，想和这个吹牛的人当面拥抱。可是，当他一家到达同谷，那位"语绝妙"的"佳主人"根本没露面，杜甫站在同谷的凤凰山下，四野苍茫，天、地、人及风，都是陌生的。天寒地冻，饥肠辘辘，杜甫不得不到凤凰山上，扒开积雪找一些落地的橡子给全家人充饥。

何其惨烈的景象!

一封信,把杜甫一家骗上了去往同谷县的路;一封信,让杜甫经历了常人无法忍受的苦难;一封信,让杜甫对这个世界有了更深的认识;一封信,使杜甫彻底地把自己的心怀匍匐在大地上;一封信,使诗人杜甫成为"诗圣"杜甫。

诗人的天真,可能会使人吃一些眼前亏,但是,吃亏过后就是大彻大悟,就是从身体到精神的大升华。杜甫经历了同谷忍饥受冻的尴尬,不仅留下了《同谷七歌》的诗篇,也使得他心无内外,贯通天地。

强调一句:杜甫在同谷的经历可以用惨不忍睹来形容,但是,杜甫没有抱怨骗他的"佳主人"一句,且绝口不提"佳主人"的姓甚名谁。这就是杜甫的伟大!

一个人,尤其是诗人,能否压缩苦难或简化苦难,是能否完成人生目标的重要因素。

杜甫在同谷的遭遇这里就不多讲了,我们还是回到仇池山下,看看杜甫在仇池山下做了什么。

杜甫从秦州出发南下,经过赤谷(今天水市境内)、铁堂峡(今天水市境内)、进入当时的成州地界。然后途经盐井(今礼县盐官镇),进入寒峡(今西和县长道镇大湾峡)沿着漾水河逆行,游览了法镜寺(在今西和县石堡乡),细心的人可能会看到,杜甫一路南下,经常会到寺庙游览。其实,不是杜甫心仪寺庙佛堂道观,而是去寺庙可以白吃白喝一顿。

杜甫在《法镜寺》一诗中写的是期期艾艾，令人心酸：

身危适他州，勉强终劳苦。
神伤山行深，愁破崖寺古。
婵娟碧鲜净，萧摵寒箨聚。
回回山根水，冉冉松上雨。
泄云蒙清晨，初日翳复吐。
朱甍半光炯，户牖粲可数。
拄策忘前期，出萝已亭午。
冥冥子规叫，微径不复取。

明代文学家王嗣奭对《法镜寺》这首的评析，我觉得值得一读，摘录在这里："山行而神伤，寺古而愁破，极穷苦中一见胜地，不顾程期，不取捷径，见此老胸中无宿物，于境遇外，别有一副心肠，搜冥而构奇也。"

王嗣奭还是给了杜甫极大的尊重，仅用了"别有一副心肠，搜冥而构奇也。"没做更多挖苦。

杜甫一家离开法镜寺，到达了禄县城（今西和县城），然后又翻越横岭山，经青羊峡，到龙门镇（今石峡镇，仇池山下。），登临石龛（今八峰崖石窟），再折行向东，翻过积草岭和泥功山，到达同谷县境内。

以上这些地名都是杜甫这一路写的诗歌名字。

这些地名里，没有仇池山，所以确定，杜甫没登上仇池山。

2023 年 5 月，我站在仇池山上时，身边的诗人陇上犁用手指着山下瘦成一条线的西汉水说："杜甫当年就是沿着下面这条西汉水走向同谷的。"依水而行，符合古人的行路之道。只是不知道，杜甫当时驻足西汉水边向仇池山上凝望了多久？

仇池山这个曾经让杜甫想"送老白云边"的地方，最终还是被他忍痛错过。

写到此，我一边为杜甫感叹，一边又给杜甫送去盛赞。内心强大的人，任何苦难都会转化为能量。而且苦难越重，产生的能量越大。

从秦州到同谷再到成都，杜甫忍受了人生无法忍受的苦难，但是他都一个人咬牙切齿静悄悄地忍住了。

庄子说："反己而不穷，循古而不摩，此为大人之诚。"意思是：一心向道，不惧障碍，即使遇到阻碍，甚至是大恶大难，也无非是对自己诚心向道的考验。

从"致君尧舜上，再使风俗淳"的杜甫，到"何时一茅屋，送老白云边"的杜甫，再到"中原无书归不得，手脚冻皴皮肉死"的杜甫，最终到了"无边落木萧萧下，不尽长江滚滚来"的诗圣杜甫。

杜甫过仇池山,就写到这里吧。

我写了一首《为杜甫过仇池山一叹》的五言诗,当作这一章的结尾:

为杜甫过仇池山一叹

仙梦仇池破,白头徒仰天。

虚怀尚可述,饥腹若何填。

山顶有仙境,水边无爨烟。

南趋同谷落,四顾更茫然。

第八章 苏东坡的仇池结

苏轼一生未能涉足陇上，当然也就无缘登临仇池山去观赏它的气势，领略它的神韵，但是，仇池山的形象随着他朝思暮想，逐渐在他心里扎下了根。

第八章 苏东坡的仇池结

在中国诗歌史上,我最喜欢两位诗人,一位是杜甫,一位是苏东坡。

我通过读苏东坡的诗文发现,苏东坡也只喜欢两位诗人,一位是陶渊明,一位是杜甫。

一个人真心喜欢另一个人,并不是一件简单的事。用今天的话说,把被喜欢者当作人生的偶像或榜样,让偶像或榜样时时激励自己。感叹一句吧,今天的人们要么偶像太多,某一时段一过就换一个偶像;要么不知道什么是偶像,以自我为中心。还有,那些被公共机构树立的榜样,往往都是离人们的嘴头近,离心头远。真正的偶像或榜样,是自己死心塌地崇拜的人,舍生忘死热爱的人,是一生涉千难渡万险也要奔赴的生活目标,更是不断给自己补充能量的精神支柱。

内心耸立着偶像,是将自己的价值观和生活期望投射到偶像身上,使其成为实现自己人生理想的动力;是在人生低谷时,不断地用偶像的灵魂来唤醒自己的灵魂。

当你对生活厌倦的时候,偶像会站出来激励你,让你忍受一切的不如意,继而坚韧地生活到未来。

追逐偶像的目的与追求爱情的目标,有相似,也有很大的不同。相似的地方是叶芝的那首《当你老了》的诗歌:

当你老了

[爱尔兰] 威廉·巴特勒·叶芝

袁可嘉 译

当你老了,头白了,睡意昏沉,
炉火旁打盹,请取下这部诗歌,
慢慢读,回想你过去眼神的柔和,
回想它们昔日浓重的阴影;

多少人爱你青春欢畅的时辰,
爱慕你的美丽,假意或真心,
只有一个人爱你那朝圣者的灵魂,
爱你衰老了的脸上痛苦的皱纹;

垂下头来,在红光闪耀的炉子旁,
凄然地轻轻诉说那爱情的消逝,
在头顶的山上它缓缓踱着步子,
在一群星星中间隐藏着脸庞。

  叶芝这首诗,对什么是爱情做了注解。其实,钟爱一个人就是为了让自己完整,而对偶像的崇拜更是。

  扯得有点儿远了,咱们还是回到苏东坡的话题上。

第八章 苏东坡的仇池结

我把苏东坡作为偶像,是看到他一生屡遭构陷的折腾,依然不怨、不屈,依然自信、自得其乐。如他在诗中说:"莫听穿林打叶声","天涯何处无芳草"。

"乌台诗案"爆发时,他知道自己很冤枉,陷害他的人也知道他很冤枉,下旨把他抓进大狱的皇上也知道他很冤枉。但是,他没有在心里深植仇恨。出狱后被贬黄州,像又一次被调任,没做任何怨怼与愤怒,也没像李白被大赦时那种"两岸猿声啼不住,轻舟已过万重山"的欣喜若狂。

苏轼知道是他的同行、同事、同僚在挖空心思陷害他,也只有同行、同事、同僚才对身边出色的、优秀的人,有赤裸裸的仇恨。

"乌台诗案"对苏东坡的一生很重要,对中国的诗歌发展史更重要。

当代学者木斋(王洪)先生对"乌台诗案"的论述十分精辟,我现直接引用过来:

诗案对诗人的思想和创作不能不发生深刻影响。有人说,诗案是苏轼一生的转折点:苏轼由当初的"奋厉有当世志""致君尧舜",转变为"聊从造物游"的艺术人生。案前,诗人主要是深刻地反省仕宦人生;其后,他痛苦的心灵在自然的天地里找到了归宿，发现了新的人生境界。也有人说，黄州时期，"苏轼精神寄托的对象从名利事业而暂时转移到东坡，转移到大自然。这就是对统治集团的一种疏远，这不能不无它的积极意义"。诗案对于苏轼，浑如一场噩梦。梦后的黄州贬谪生活，使苏轼从具体的政治哀伤中摆脱出来，重新认识社会，重新评价人生的意义。

顺便说一句，"乌台诗案"引发的这一场"文字狱"，成为宋代文人士大夫之间争斗、"内卷"的工具，严重破坏了诗歌环境，阻碍了诗歌创作的发展。"乌台诗案"引起了广泛关注之后，统治者认为诗歌是文人乱政的工具，曾一度下诏禁止文人写诗。苏轼的诗多用比兴手法，这种文学的创作手法却成为被人利用的突破口。可谓：欲加之罪，何患无辞。

文字狱牵制了文人的思想，随着文化专制统治的收紧，当时的诗歌创作再也没有呈现出向更高处发展的趋势，文学创作受到了严重限制。同时，宋代的文字狱为后来的朝廷所效仿，到了清代更甚，严苛的环境扎扎实实地阻碍了文学的发展。

呜呼！文字狱不仅是文化环境遭到了破坏，而是直接反映出政治环境的险恶。

苏轼到黄州后，没有一分钱工资，一家人生活艰涩，尽管如此，也没能让苏轼对生活灰心，并没有被命运压垮，更不可能被政治玩笑击败。直到朋友帮忙，把黄州城外东坡的一块荒地给了苏轼。苏轼就安心地做着农事,并给自己取号"东坡"。从此,苏轼就变成了苏东坡、东坡居士,变成了中国文学史上的一位巨人。

也正是在黄州期间,苏东坡才有了《念奴娇·赤壁怀古》这首冠绝古今的诗,有了他"多情应笑我,早生华发,一樽还酹江月"的慨叹。

正是在自称东坡居士期间,苏轼为后世那些遭构陷而旷达的人树立了一个榜样,提供了有效的情绪价值:"竹杖芒鞋轻胜马,谁怕?一蓑烟雨任平生。"

当然,在黄州,苏东坡还有让书法家们致敬的《寒食帖》。

"乌台诗案"发生在元丰二年(1079年),那年苏轼四十四岁。五年后,元丰七年(1084年),苏轼奉诏赴汝州就任,离开黄州。

元祐七年(1092年)三月,苏轼到扬州任知州。苏轼到扬州做知州时,主要精力是作"和陶诗",就是唱和陶渊明《饮酒诗》二十首。这时的苏轼仍然牢记"乌台诗案"给他带来的教训,虽然身为官员,但心想遁世。对政治的大起大落灰心,对仕途生活厌倦。

就在这一年,苏轼得到了两块石头,苏轼给这两块石头取名:仇池石。

仇池石,顾名思义是仇池山的石头。但是,苏轼得到的并不是仇池山的石头,而是岭南的石英石。

氏人仇池

苏轼有藏石、赏石的癖好，在当时苏轼的朋友圈里是尽人皆知的。他的表弟程德孺知道他有藏石癖，就送给他两块石英石（产于广东英德的一种石灰岩），一块绿色，一块白色。苏东坡看到这两块奇石，非常喜欢，于是想起了不久前在颍州知州任内所做的梦。梦中苏东坡来到一处官府，见有榜书"仇池"二字，顿时想起杜甫《秦州杂诗》中的"万古仇池穴，潜通小有天"的诗句。于是，就把这两块石头命名为：仇池石。

为庆贺自己得到这两块石头，还写下《双石诗》并序：

至扬州获二石。其一绿色，冈峦迤逦，有穴达于背；其一正白可鉴。渍以盆水，置几案间。忽忆在颍州日，梦人请往一官府，榜曰"仇池"，觉而诵杜子美诗曰：万古仇池穴，潜通小有天。乃戏作小诗，为僚友一笑：

梦时良是觉时非，汲水埋盆故自痴；
但见玉峰横太白，便从鸟道绝峨眉。
秋风与作烟云意，晓日令涵草木姿，
一点空明是何处，老人真欲住仇池。

这一句"乃戏作小诗，为僚友一笑"，自然是邀请好友来观赏的。也是因为邀请朋友们来观赏"仇池石"，却惹出一段好玩的故事。

这两块仇池石成为苏轼的书案上宝贝，苏轼几乎对其目不转睛，爱不释手。他当时的朋友钱穆父（中书舍人，迁给事中，后知开封，越州）、蒋颖叔（户部侍郎知熙州）、王仲至（工部侍郎）等人来欣赏了这两块"仇池"石，都次韵奉和他的仇池石诗。

苏轼又原韵奉和：

> 上穷非想亦非非，下与风轮共一痴。
> 翠羽若如牛有角，空瓶何必井之眉。
> 还朝暂接鹓鸾翼，谢病行收麋鹿姿。
> 记取和诗三益友，他年弭节过仇池。

这首诗用典较多，含义有些玄奥，不过寓意很丰富。一、二句引佛经语，说天上地下皆一般。三、四句引杜诗及汉书典故。翠羽指孔雀，孔雀渴饮寒泉为牛所抵。瓶为汲具，处高临深，动常近色。两句是说世间险恶，人情诡异。五、六句言自己身在朝廷而心系江湖。七、八句感谢三位诗友的和诗，并表示以后如有机会路经仇池山时，一定要弭节专程前往凭吊杜公遗踪和仇池古迹。

经过诗人们的唱和，仇池石之名便不胫而走了。苏轼的好友王晋卿听到以后便致小诗一首，要"借观"。他也回诗一首，说明借观可以，但要按期归还。诗的题目直言不讳，十分有趣。

仇池人氏

仆所藏仇池石，希代之宝也。王晋卿以小诗借观，意在于夺。仆不敢不借，然以此诗先之。

海石来珠浦，秀色如娥绿。
坡坨尺寸间，宛转陵恋足。
连娟二华顶，空洞三茅腹。
初疑仇池化，又恐瀛州蹙。
殷勤峤南使，馈饷扬州牧。
得之喜无寐，与汝交不渎。
盛以高丽盆，藉以文登玉。
幽光先五夜，冷气压三伏。
老人生如寄，茅舍久未卜。
一夫幸可致，千里常相逐。
风流贵公子，窜谪武当谷。
见山应已厌，何事夺所欲。
欲留嗟赵弱，宁许负秦曲。
传观慎勿许，间道归应速。

"意在欲夺"仇池石的王晋卿，名诜，太原人，是宋英宗的女婿，也就是驸马爷。王晋卿能诗善画，与苏轼有患难之交。"乌台诗案"时，王晋卿不但没交出与苏轼的互赠诗歌，还去找皇上要求释放苏轼，力保苏轼。痛苦的是，王晋卿没保出苏轼，还把自己的官爵搭上了。王晋卿向来倾慕苏轼，常常一起相与从游。苏轼出狱后，被贬黄州，王晋卿受牵连遭贬官。公主病死后，又被贬到均州。哲宗即位，才召回京师。王晋卿与苏轼二人惺惺相惜，成为莫逆之交。

苏轼在这首诗中把仇池石描绘为稀世珍宝，并诙谐地向王晋卿挑明：只许看，不许赖。全诗表现了苏轼一贯的诗风，即引古道今，夸张比喻，纵横开阖，妙趣横生，末几句用《史记·廉颇蔺相如列传》典故。大意是说：我这块仇池石来自产珍珠的合浦，青光鲜翠，如青黛螺。石头虽不满一尺，但宛转崎岖，峰峦皆备。那上部连在一起的两个山头恰如太华、少华二座仙山，那中间的洞穴正像中腹空虚的三茅山。开始还以为它是仇池山变化而来的，现在看来简直是仙境瀛洲紧缩而成的了。这宝石是从岭南回来的程德孺送给我这个扬州刺史的。我把它盛放在高丽铜盆中，又用文登玉石支衬起来。一到夜晚，它便发出幽光；一到三伏，它便冷气逼人。我这一生不过匆匆过客，尚未如杜甫赴仇池送老一样给自己找下退隐之地。这石给你看看可以，但恐被人劫走。你本是风流贵公子，不幸被贬谪到均州武当山谷，好山好水该看够了，为什么却看上我的仇池石了？我想不让看，但你是强秦，我是弱赵，惹不起你。你注意不要背上讹人的罪名。我希望你观赏后再不要借给别人玩，而且要急速给我送回来。

苏东坡实在是一个天真烂漫的老顽童，你看诗中充满了多么浓郁的童趣。诗的前半部分极力夸赞仇池石的名贵，后半部分以玩笑语气表现他对仇池石的珍爱,王晋卿虽是知己好友,苏轼对仇池石也是恋恋不舍了!

不料,王晋卿致诗夺石的事,被钱穆父、蒋颖叔、王仲至三位朋友知道了。这三人都为仇池石写过诗,爱慕之意早在胸中藏着,岂能让王晋卿夺走?他们听到消息后便纷纷表态:反对!

苏东坡因此又赋诗一首,并在诗前写了一段话,作为诗题,读来令人含笑,苏轼的性格、形象、神态都跃然纸上:

王晋卿示诗,欲夺海石,钱穆父、王仲至、蒋颖叔皆次韵。穆至二公以为不可许,独颖叔不然。今日颖叔见访,亲睹此石之妙,遂悔前语。仆以为晋卿岂可终闭不与者?若能以韩干二散马易之者,盖可许也。复次前韵。

相如有家山,缥缈在眉绿。
谁云千里远,寄此一颦足。
平生锦绣畅,早岁觅苋腹。
从教四壁空,未遣两峰蹙。
吾今况衰病,义不忘樵牧。
逝将仇池石,归泝岷山渎。
守子不贪宝,完我无瑕玉。
故人诗相戒,妙语余所伏。

第八章 苏东坡的仇池结

一篇独异论，三占从两卜。
君家画可数，天骥纷相逐。
风鬃掠原野，电尾扫涧谷。
君如许相易，是亦我所欲。
今朝安西守，来听阳关曲。
劝我留此峰，他日来不速。

诗中把仇池石又称作海石，这是东坡以盆为海的意思。诗中说，我不久要告老还乡，回去时一定要把仇池石带走做伴，望你"以不贪为宝"。我的三位朋友中两人劝我不可把石赠人，另一位后来也改变了意见。但我想你家收藏的绘画不少，特别是几卷马图，惟妙惟肖。如能以画马相易，我还是同意的。苏轼提出要王晋卿拿他的韩干《牧马图》与仇池石交换。这实在是个苛刻的条件。韩干是盛唐丹青名手，宫廷大画师曹霸的入室弟子，杜甫说韩干"亦能画马穷殊相"。《名画录》记述说：开元年间，外国常进贡名马，唐明皇择其良者让韩干画之，并将其作品列为"神品"。神宗熙宁十年（1077年），王晋卿曾将韩干马图共六轴十二匹求苏轼题跋，苏轼为之题《书韩干牧马图》一诗。因诗中有"王良挟策飞上天，何必俯首服短辕"二句，被当时的佞人用事者举报为"以骐骥自比，讥讽执政大臣无能尽我之才，如王良之能御者，何必折节干求仕进也"，被罗织于"乌台诗案"中之主要罪证。因此苏轼不仅对《牧马图》

十分熟悉、喜爱,而且因它而受牵连受诬,深有缘分。他提出这一条件,也是心向往之,其情可知。王晋卿权衡之后,表示难以接受,不同意石马相易。

于是,苏轼为此又写一诗:

轼欲以石易画,晋卿难之。穆父欲兼取二物,颖叔欲焚画碎石。乃复次前韵,并解三诗之意。

春冰无真坚,霜叶失故绿。
鹤疑鹏万里,蚿笑夔一足。
二豪争攫袂,先生一捧腹。
明镜既无台,净瓶何用蹙。
盆山不可隐,画马无由牧。
聊将置庭宇,何必弃沟渎。
焚宝真爱宝,碎玉未忘玉。
久知公子贤,出语耆年伏。
欲观转物妙,故以求马卜。
维摩既复舍,天女还相逐。
授之无尽灯,照此久幽谷。
定心无一物,法乐胜五欲。
三峨吾乡里,万马君部曲。
卧云行归休,破贼见神速。

这首诗算是对仇池石的"争夺战"做了一个总结。诗中除引用佛经禅理表示一些感慨之外,主要意思是:你们争,我却笑。供在铜盆中的仇池石不可隐居送老,画在纸上的骏马也不能赶来放牧。焚画碎石,无济于事。我有家乡的好山好水,你(王晋卿)有你万匹骁骑(王晋卿原为将门之后);我在家乡的山中卧云归隐,你率领你的千军万马去破敌卫国吧!

这场争执就到此为止了。但是,这首诗却把苏轼为人的襟怀、处世的境界,展露无遗。同时,勉励王晋卿与自己,要把一切名利、富贵都视作身外之物。苏轼在说:一切宝物如卞和之玉、隋侯之珠、羲之之书、道玄之画,乃至仇池之石、韩干之马,都是饥不可食、寒不可衣的玩赏之物,不必焚,也不必碎,仍然让他们回到原来的状态中去,岂不更好!

苏轼可以自娱自乐,可以与朋友诙谐、玩笑,但是,内心根本性的东西不会改变。做一个什么样的人,什么样的文化人,苏轼从未动摇过初衷。

哲宗绍圣元年(1094年),苏轼再次遭贬,远谪惠州。途经江西湖口村,"湖口人李正臣畜异石九峰,玲珑宛转,若窗棂然",他"欲以百金买之,与仇池石为偶,方南迁未暇也。名之曰壶中九华,且以诗论之"。《壶中九华诗》如下:

> 清溪电转失云峰，梦里犹惊翠扫空。
> 五岭莫愁千丈外，九华今在一壶中。
> 天池水低层层见，玉女窗虚处处通。
> 念我仇池太孤绝，百金归买碧玲珑。

诗中说，他无比心爱的仇池石孤寂无伴，准备以百金买下酷似九华山的异石为它作伴，苦于囊中羞涩。苏过（苏轼儿子）《斜川集》记载此石高广尺余，九峰玲珑，苏轼名为"壶中九华"，为此石题了名写了诗。八年以后，遇赦北归，路过湖口，他竟然仍未忘记这块仇池石的伴侣。可惜待他去探看时，"壶中九华"已被一个名叫郭祥正的人以八十千买去。

惋惜之余，他依前韵又写了一首诗：

予昔作《壶中九华》诗，其后八年复过湖口，则石已为好事者取去，乃和前韵以自解云。

> 江边阵马走千峰，问讯方知冀北空。
> 尤物已随清梦断，真形犹在画图中。
> 归来晚岁同元亮，却扫何人伴敬通。
> 赖有铜盆修石供，仇池玉色自璁珑。

（注：元亮即陶渊明，敬通为东汉辞赋家冯衍）。

感叹之余，觉得有玉色葱珑的仇池石在铜盆供养，心里也就满足了,而且还不忘在诗后自注:"家有铜盆,贮仇池石,正绿色,有洞穴达背"。苏轼对仇池山和仇池石的爱,何其深也!

说到这里,苏轼一直把岭南的石头当作仇池山的石头,那么,仇池山有石头吗?可藏可赏吗?

仇池山有石头,也是可藏可赏的。

仇池山石是一种柱状布满瘤状石质的石灰岩,表面有圆瘤或小孔洞,涡洞相通,嶙峋异趣,颜色为淡红淡绿,石质软硬相间,硬若玛瑙,软如吸水石。

仇池石的宣传广告上说:仇池石质地细嫩,温润如玉,光彩如瓷,抚之如婴儿之肌肤,具有冬暖夏凉之效。

仇池石品类繁多,色彩各异,或黑色相间,或无色混杂。有的可做印石,比肩青田、寿山;有的可做石雕,玉润光洁;有的还可做建筑材料,耐磨美观。因石深藏山里,开采不易,难以观其全貌,随着开采的深入,仇池石的质地与用途将进一步被人们清楚认识。

还有一段比较有神话色彩的广告:据传说,伏羲创世时,女娲在仇池山炼五彩石以补苍天。所余之石弃置仇池,故有此石,当地群众称之为"五花石"。

看看,仇池石是女娲补天时遗落的"五花石"。如果这个说法成立,那么,《红楼梦》中的贾宝玉也是仇池山的人。

还是接着说苏东坡与仇池山的情结吧。

苏轼身历仁宗、英宗、神宗、哲宗、徽宗五朝皇帝，长期游宦各地，接触了各种不同的人物，饱览了各处的名山大川。他虽未曾亲自到过仇池山，但因受杜甫诗"何时一茅屋，送老白云边"的感发而产生了对这块世外桃源的遐想。他在《和陶读〈山海经〉》第十三"仇池有归路，罗浮岂徒来"一句下自注云："忽忆颍州日，梦至一官府，环视堂上，榜曰'仇池'。觉而念之，仇池，武都氏故地，杨难当所保，余何为而居之？明日以问客，客有赵令畤者曰：此乃福地小有洞天之附庸也。杜子美尝去：'万古仇池穴，潜通小有天。'"

这条注，说明苏轼也读过《仇池记》，对仇池的史迹与形胜早已了如指掌，再加上杜诗的渲染，经梦境所诗化的仇池就更让苏轼心驰神往了。

元祐八年（1093年），苏轼在《过杞赠马梦得》一诗中写道：

万古仇池穴，归心负雪堂。
殷勤竹里梦，犹自数山王。

"雪堂"是黄州东坡雪堂，是苏轼友人马梦得资助修成，山王指金山涛、王戎。诗意是说：归心难留，"万古仇池穴"才是我的去处，因而辜负了你帮我修筑雪堂的美意，但我们的友情胜过竹林七贤,是永远忘怀不了的。

绍圣三年(1096年)三月,苏轼在《和桃花源》诗前有一小引,再次述说他的那个难忘的梦:予在颍州,梦至一官府,人物与俗间无异,而山川清远,有足乐者。顾视堂上,榜曰:"仇池"。觉而念之,仇池,武都氏故地,杨难当所保,余何为居之?明日以问客。客有赵令畤者曰:"公何向此?此乃福地,小有洞天之附庸也。杜子美诗云:万古仇池穴,潜通小有天。他日工部侍郎王钦臣仲至谓余曰:'吾尝奉使过仇池,有九十九泉,万山环之,可以避世,如桃源也。'"

从这一小引中可以看出,苏轼把他梦中的仇池视为避世立身的桃源仙境了。

绍圣四年(1097年)苏轼由惠州再次被贬,授琼州别驾昌化军安置,也就是到了海南的儋州。在宦途中,有《次前韵寄子由》一诗:

> 我少即多难,邅回一生中。
> 百年不易满,寸寸弯强弓。
> 老矣复何言,荣辱今两空。
> 泥洹尚一路,所向余皆穷。
> 似闻崆峒西,仇池迎此翁。

崆峒山为中国四大道教名山之一,位于泾河之滨的平凉,相传是黄帝广成子学道之处，仇池山的方位正好在崆峒之西。身在左迁途中的苏轼，即将投向荒凉偏僻的儋州，此刻，他仿佛听见崆峒西边的仇池山上有人在迎接他了。每当他身遭踬碍时，梦中的仇池山便成了他精神的寄托。

苏轼一生未能涉足陇上，当然也就无缘登临仇池山去观赏它的气势，领略它的神韵，但是，仇池山的形象随着他朝思暮想，逐渐在他心里扎下了根。

苏轼有多想念仇池山呢？在整理自己的日记、随笔等文章准备结集时，他就把这本日记随笔集命名为《仇池笔记》。苏轼的家乡是仇池山之南的四川眉山，他却把这本笔记定名为《仇池笔记》，并作为《东坡志林》的姊妹篇。为何书名定为《仇池笔记》？当然是苏轼的志趣、心性及向陶渊明、杜甫致敬的具体体现。

《仇池笔记》二卷和《东坡志林》五卷互为补充，是宋人笔记中的精华，所收都是笔记、杂感、史记一类文字，虽卷帙不多，但内容丰富，无论经史子传、制度风俗、轶闻趣事、山川风物、佛道修养、阴阳术语、凡有所感，均录之成文，不假雕饰，自然成趣，如石晶珠母，自见光泽，而以"仇池"命名，足见"仇池"二字在苏轼心目中的崇高地位和感召力。

苏轼心念杜甫，追慕杜甫，并受杜甫"何时一茅屋，送老白云边"一诗影响，至少是对仇池山这块可以隐逸之地产生了遐想。

苏轼一生所遭受的挫折与打击不比杜甫轻。仕途的大起大落使他思想中的佛老因素增加，不时萌生远离政治漩涡以超俗避世的念头，因而，经杜甫所渲染，经梦境所美化的仇池仙境，便成为他津津乐道的所在了。

元祐七年（1092年）苏轼在《次韵晁无咎学士相迎》一诗中写道：

梦中仇池千仞岩，便欲揽我青霞襜。
且须还家与妇计，我本归路连西南。

绍圣三年（1096年）的《次韵高要令刘湜峡山寺见寄》一诗有"仇池九十九，嵩少三十六"之名，并于前句下注云："仇池九十九泉，余梦尝至，有诗（按：指《双石》诗）。"后下句自注："子由近买田阳翟，北望嵩少，甚近。"可以看出，苏轼苏辙兄弟二人，子瞻爱仇池，子由爱中岳。同年三月《和陶桃花源》诗前有一小引，再次述说他的那个难忘的梦：予在颍州，梦至一官府，人物与俗间无异，而山川清远，有足乐者。顾视堂上，榜曰仇池。觉而念之，仇池，武都氏故地，杨难当所保，余何为居之？明日以问客。客有赵令畤者曰："公何向此？此乃福地，小有洞天之附庸也。杜子美诗云：万古仇池穴，潜通小有天。他日工部侍郎王钦臣仲至谓余曰：'吾尝奉使过仇池，有九十九泉，万山环之，可以避世，如桃源也。'"

看来苏轼把他梦中的仇池视为避世的桃源。但苏轼对秦人避乱于桃源的事实是不大相信的，认为"世传桃源事，多过其实。"他在诗中认为"凡圣无异居，清浊共此世"，桃源仙界只在我心中，所以诗才写道："不如我仇池，高举复几岁。"

当他身在遭贬的途中，即将投向荒僻的儋州时，他似乎听见崆峒西边的仙山仇池在迎接他了。每当他忽感有所失时，仇池山便成为他精神的伴侣，可谓根深蒂固，难舍难分了。他的《山坡陀行》一诗大约是写于身在岭南时。诗中写山岳之高绝，流水之险恶和"乘渺茫良未果兮，仆夫悲余马怀"的屈原式感慨。屈原行天经日的心情是"蜷马顾而不行"，而苏轼此时的心情则是"梦中仇池我归路"，在苏轼忧思难抑的时候，梦中的仇池往往能给他以精神的力量。

苏轼在《和陶读〈山海经〉》一诗中，是这样写的：

和陶读山海经

东坡信畸人，涉世真散材。

仇池有归路，罗浮岂徒来。

践蛇及茹蛊，心空了无情。

携手葛与陶，归哉复归哉。

可见，未曾登临的仇池山，未能"送老白云边"成了苏轼的不醒的梦。

在文学史上，统治仇池山地区的杨氏政权仇池国，没有给仇池山留下只言片语，而杜甫、苏东坡两位诗人却为仇池山建立起了文脉。

据资料介绍，后人在仇池山下建造了一座仇池"白云草堂"，用以纪念杜甫和苏东坡，很遗憾，在仇池山寻访时，我没有去过，据说在仇池山下的一个峡谷中。

苏轼的人生悲壮、凄美、坎坷，而作品豁达、幽深，没有哀怨，更没有愤怒，正因为如此，才创造出震撼人心的艺术魅力，感染后人至今。读他的作品，可以挖掘出自身内在的对现实环境的克服，甚至会生发笑对人间苦难和社会不公的能力。

我独断地认为，苏轼这种笑对人生、忽略不幸的能力，和他心中始终怀有仇池仙境相关。

第九章
《仇池碑记》的猜想

无论在哪座山上,我看到一块刻满碑文的石碑,都会想起王羲之在《兰亭集序》中写的那句话:"后之视今,亦犹今之视昔"。

石碑,就是古人想与今人的隔时空对话,就是今人进入古代时空的一个便捷通道。

但是,不是古人留下的所有石碑今天都能解读,有些石碑甚至会留下疑点或悬念。

第九章 《仇池碑记》的猜想

人类真正的文明是从文字诞生开始的。世界四大文明古国，也是最早诞生文字的国家。

古人最初的文字是画画，是刻画在石头（山体石壁）上、兽骨上或木头、竹片上。由画画再逐渐形成有语音、有表达情绪意义的文字。

当石匠出现以后，人们很少往山体石壁上刻画，开始把石头制作成石碑，把文字刻写在石碑上。如今书法界使用的古人字帖，大多数是碑帖。

摩崖石刻上的那些文字，正是背负着某位古人或大或小的使命和希望。遥远的某一群人，从遥远的某一天，经过漫长的岁月穿越来到今天。崖壁是古人当时能找到的最好载体，石头可以穿越时空，石头没有辜负他们的期望。

很多古代留存至今的石刻碑帖，其学术价值和文化价值都很大，如远古时期的岩画，对研究古代文明的源流非常重要。古代的山壁石刻、石雕，是珍贵的历史文物，还有一些记事碑刻，直接记录了历史事件。名人诗词题字则将历史人物拉到了今人和后人面前，成为穿越时空的文化使者。

中国人喜欢在岩壁上刻画，穿越整个华夏文明史，可探寻到5000多年文明之前。贺兰山上的岩画（岩刻），记录了古人狩猎时的场景和对未来生活的期许。古代帝王封禅大典祭祀天地山川，把自己的丰功伟绩刻上山巅岩石，既是给天地看，更是给后人看。

题字刻石的人希望将自己所想、所做之事为更多人知道，也为后世人知道，于是他们借助于石头坚硬的质地，来抵抗时间的流逝和岁月的消磨，希望它带着文字穿越时空走向未来。

中国最早利用石碑为自己做广告的是秦始皇。他在自己的墓前立了一块石碑，刻写了他一生的丰功伟绩，他想让他的丰功伟绩与石头一起不朽。秦始皇之后，墓碑盛行，而且从皇帝到老百姓，墓前都会立一块石碑。

墓前能立石碑，那么其他值得或需要立碑的地方，也都开始立碑。山上、水边、园林，甚至一棵树前，都有石碑站立。尤其是山上，无论山之大小，是否名胜，几乎有山即有石碑。

古人为什么喜欢在山上立碑？

主要是用于纪念某时、某事、某人，纪录某时某事某人，表扬和崇拜某事某人，以及记录历史人文踪迹，神话传说等文化传承。

古人选择在山上立碑，是因为大山及石头具有相对长久的稳固性。通过在山上立碑，可以用于纪念一些具有重大意义的事件或人物，例如古代的英雄、重大战争胜利、皇帝的行动等，以便后代了解和纪念。

在山上立碑也有"高山仰止"的含义，例如对先贤、大师、圣人的颂词等。此类立碑通常可以表达对这些人物的敬仰之情。

历代皇帝都去泰山封禅，留下了许多碑刻。山东曲阜的孔庙和河南嵩山少林寺等都有碑林。

此外，立碑也是一种传承文化的方式。通过在山上立碑，可以记录诗词、典籍、经文等，让后人了解和学习古代的文化，同时也有助于文化的传承。

总之，古人选择在山上立碑，是他们在没有纸张和其他媒介的情况下，为了保存和传承信息而使用的一种方式，同时也反映了当时社会的一些文化和价值观。

中国古代的文化思维是士大夫的思维，士，就是当时的高级知识分子和皇族贵胄。他们既要活在当下，又总想着身后名声的事儿。"了却君王天下事，赢得生前身后名。"或者"江山留与后人愁。"当然，还有像秦始皇这样的，怕后世批评，先把自己的伟大放在不朽的石头上，让后世人们的嘴再硬也硬不过石头。怕后世评说是古代帝王将相的通病。所以，历史上石碑的使用率很高。

为后世名声而活，一度成为中华民族的一种信仰，一种道德规范。活在现世的人，要时刻提醒自己不能丢先人的脸，不能对不起祖宗。"史册有遗训，勿贻来者羞（包拯）"。这种历史信仰和道德规范，使得中国的士大夫宁愿忍受现世的苦楚，也要努力为未来、为后世做些什么，留下些什么，甚至宏大到"为天地立心，为生民立命，为往圣继绝学，为万世开太平"……

无论在哪座山上，我看到一块刻满碑文的石碑，都会想起王羲之在《兰亭集序》中写的那句话："后之视今，亦犹今之视昔"。

石碑，就是古人想与今人的隔时空对话，就是今人进入古代时空的一个便捷通道。

但是，不是古人留下的所有石碑今天都能解读，有些石碑甚至会留下疑点或悬念。

据清代乾隆年间的邱大英所编撰的《西和县志》载，仇池山曾有一块石碑。该县志将碑文《仇池碑记》全文录了下来，我读过之后，就生出许多狐疑。先将碑文收录在这里（选自罗卫东编著的《陇南古代碑铭》），咱们再讨论疑从何处起。

仇池碑记

[南宋] 佚名

自两仪肇判，混气既分，融而为川渎，结而为山岗。禹别九州，莫高山大川，积石、龙门、彭蠡、震泽、砥柱、析城、太华、衡山之名著，故名山大川，载于记籍，班班可考。

仇池福地，本名圉山，《开山》①谓之仇夷。上有池，古号仇池。当战国时为白马氏居，晋系胡羌，唐籍成州，逮我大宋隶同谷。背蜀面秦，以其峭绝险固，襟武都，带西康，相结茅

第九章 《仇池碑记》的猜想

储粟，以为形势镇戍之地。观其上土下石，屹然特起，界于沧、洛二谷之间，有首有尾，其形如龟；丹岩四面，壁立万仞，天然楼橹，二十四隥；路若羊肠，三十六盘；周围九千四十步，高七里有奇；东西二门，泉九十九，地百顷；农夫野老，耕耘其间，云舒雾惨，常震山腰，朝晖夕阴，气象万千；当其上，群谷环翠，流泉交灌，集而成池，广荫数亩。此世传仇池之盛。且神鱼闻于上古，麒麟瑞于近世，有长江穷谷以为襟带，有群峰翠麓以为蘌藻。虽无琼台珠阁，流水桃花，其雄峻之壮，壮丽之观，即四明、天台、青城、崆峒亦未过此。非轻世傲物、餐霞茹芝者，似莫能宅之宜。少陵咏送老之诗，坡仙怀请往之梦，由是此山增重，小有天一点空明，始闻天下。名公巨卿，冠盖相望，争访古人陈迹。然一山之中，古庙独存，榜曰："晋杨将军"。惜无碑碣，莫可稽考，咸以为缺典。绍兴五祀，曹公居贤官于此，庙宇圮坏，公为鼎新。复起白云亭，重构招提，绘苏、杜二大老像，刻诗于琬琰②，昭示将来，遂成好事，翘楚者属予以纪之。

予尝探讨往牒，观《通鉴》③，于汉晋南北诸史，参考仇池历代遗迹，见公始末。乃知公姓杨，讳难敌④，称氏王名茂搜者，乃公之考；右贤王坚头者，乃公之弟。晋元帝永昌元年，赵主刘曜亲征仇池，公拒之，弗胜，退保仇池。会军痾疾，曜亦寝疾，惧公摄其后，乃遣使说公，封公持节侍中假黄钺都督秦梁二州陇上诸军、武都王。大宁、咸和间，执田崧，擒李雄，抗衡前越，控制后蜀，鼎峙三国，雄霸一隅，一时英杰也。至咸和九年卒，其嗣立。厥后，穆帝永和三年，杨初拜仇池公。曰国、曰安、曰世、曰盛，皆继为仇池公。南北之际，如玄、如难当、如保炽。文德以降，家世其地，不可缕举。然杨氏之业，惟难敌始大，则此庙宇，其为难敌建无疑也。

予砼伏⑤于下，身历目击，亲见其详，数其实以纪之，并取唐、宋二公诗，以为仇池光华。冀千百年后，考信于今者，亦今之考信于古也欤？

【注释】

①《开山》:《遁甲开山图》，又名《开山图》，为西汉纬书。已散佚。曾为《水经注》《路史》等书所引。涉及天下名山，古先，神圣，帝皇发迹肇始之处等。

②琬琰：为碑石之美称。唐玄宗《孝经序》:"写之琬琰，庶有补于将来。"

③《通鉴》:《资治通鉴》的简称。

④杨难敌：氐族人，为杨茂搜儿子，承袭杨茂搜担任仇池国（今甘肃陇南一带）君主，自号右贤王，在位期间为317—335年。另其弟杨坚头亦于陇南东部地区自立，号称左贤王。

⑤砼伏：躯体伏卧。东汉王延寿《鲁灵光殿赋》:"狡兔砼伏于柎侧"。同蜷伏。

第九章 《仇池碑记》的猜想

不得不说，这是一篇非常不错的散文。其立意之高，襟怀之广，风景人文皆在，历史地理俱全。从行文看，绝对是出自一位饱学之人手笔。那么——

这块仇池山的石碑是谁立的？在什么时间立的这块石碑？为什么要立这块石碑？

当我提出这些问题的时候，自己先有点儿心虚。因为我的学识是不具备考据能力的。不过，既然已经提出了，就试着回答自己的问题吧。

曾任陇南市委党史研究室（市地方志办公室）一级调研员的罗卫东先生在编著《陇南古代碑铭》一书中，收录了这篇《仇池碑记》，并且为这篇碑文做了题解。我们来看看：

该碑记述了仇池山胜景及曹居贤复建晋杨将军庙事迹。清宣统《甘肃通志》载"绍兴甲寅上巳日忠训郎曹居贤立石。"存疑。从碑文"绍兴五祀，曹公居贤官于此，庙宇圮坏，公为鼎新。复起白云亭，重构招提，绘苏、杜二大老像，刻诗于琬琰，昭示将来，遂成好事，翘楚者属予以纪之。"可知此碑非绍兴四年（甲寅年，1134年）忠训郎曹居贤立石。碑已佚。碑文录自（乾隆）邱大英《西和县志》。

这段题解，首先让我们知道了一件事，"碑已佚。"石碑失踪了，为进一步考证带来麻烦，同时也为各种猜想带来了机会。

其次罗卫东先生的题解,还排除了"忠训郎曹居贤立石"这一说法。

我没查到忠训郎曹居贤任何个人信息。所有和忠训郎曹居贤有关的词条都与《仇池碑记》有关,也都指认是曹居贤立了这块石碑。忠训郎是个有官衔没职位的退役武将的荣誉官职,用以表彰在战争或军事领域有杰出贡献或英勇事迹的官员或将领。但是,1134年,也就是南宋绍兴四年,曹居贤来仇池山是有可能的。

1133年,距仇池山一百多公里的徽县仙人关,爆发了一场南宋抗金的大战役,吴玠、吴璘父子率军在徽县仙人关阻击金兵,并打败了欲入川的金军,(现在那里还叫"杀金坪"。我在撰写《蜀道青泥》时,多次到那里寻访,搜集素材)守住了南宋的西大门,同时也揭开了南宋王朝对金国全面反击的序幕。第二年,也就是1134年,岳飞率军渡过长江,把金兵赶到了黄河以北,并喊出"痛饮黄龙"的口号。那么,作为武将的曹居贤在1133年"吴家军"打响抗金阻击战的时候,来到陇南前线是有可能的,也是顺理成章的。当时的总指挥部设在今天的成县(就是让杜甫吃尽苦头的同谷),距仇池山不到50公里。也就是说,曹居贤登上过仇池山,我认为不必怀疑。碑文上也有"绍兴五祀,曹公居贤官于此"字样,尽管在西和县志上查不到曹居贤曾在这里做过官,但是,朝廷的忠训郎也是官啊!"官于此",未必是在这里做官,是这个官员到了这里。

第九章 《仇池碑记》的猜想

曹居贤到了仇池山,看到了大好风光,又看到了人文的颓败,思古忧今,于是命令或建议重新修复。"庙宇圮坏,公为鼎新,复起白云亭,重构招提,绘杜、苏二大老像,刻诗于琬琰,昭示将来,遂成好事。"

这里的关键点是:"翘楚者属予以纪之。"哎呀,意思是陪同曹居贤的领导(可能是地方官员)命令我把曹公建议记录下来,立一块石碑,把曹公的慨叹刻于碑上。

这个"予"是谁?

"予硁伏于下,身历目击,亲见其详,数其实以纪之,并取唐、宋二公诗,以为仇池光华。"

毫无疑问,"予"是撰写碑文者。但是,在地方政府都忙于抗金大战的时候,没人为这些事情做记录。南宋朝廷更不会为一个低品级官员的言行做记录。

但是,我认为,这个"予",应该是西和或成县地方的政府官员。忠训郎来巡山,地方官应该有陪同,这个"予"就是陪同者之一,但是他的官职不高,所以"翘楚者属予以纪之"。

既然确定是"予"所撰碑文并立下这块石碑,那么是绍兴四年(1134年)所立吗?虽然那时整个陇南地区正在前赴后继地与金兵大战,但是,立一块石碑也不需要太多的人力物力财力,所以,我相信是1134年所立。因为,从碑文的内容看,现场感很强。不过石碑已经不存了,无法考证具体的时间。

立碑的具体时间,应该在秋冬之际。那时,金兵已经退出徽县，不再妄想突破青泥岭进入四川，地方政府有了一些喘息的时间。此时，"予"已经撰写完碑文，就率工匠在山上立下这块碑。我为什么说是秋冬之际立碑？因为碑文上已经告诉我，曹居贤来仇池山的时候是夏秋之交。"群谷环翠，流泉交灌，集而成池，广荫数亩。"这是仇池山夏秋的景色，还有"农夫野老，耕耘其间"。

立下这块石碑，既是对忠训郎曹居贤到此一游的回馈，还是为仇池山填补一项空白。

三国时期，控制西和地区的曹操没在仇池山立碑，后来诸葛亮控制西和地区，也没在仇池山立碑，杨氏的仇池国立国接近三百年，也没有在仇池山立碑，到了南宋，终于有了这样一块碑。

为先祖圣贤立传，为山川江河立碑，是中国人的历史信仰，也是文化传统。

当然，关于这块石碑及碑文，还有一个疑点。南宋时立的石碑，为什么到了清乾隆时期才被收入《西和县志》？且没有说明石碑立于仇池山的什么位置？这个"予"应该是当时的一个文官，怎么没在其他地方留下一滴关于《仇池碑记》的笔墨？难道刻有《仇池碑记》的石碑，是一块民间野碑？

真是"只在此山中，云深不知处"？还是故意"江山留与后人愁"？

写到这里，我又想起了十年前在贺兰山看到的5000年前的摩崖石刻，有些画面似乎是看懂了，有些画面根本看不明白。古人刻在石头上的字画，是记录正在发生的生活场景，是给后人传达他们的信息，但是，我们用今天的立场、观念及知识，来判断古人的信息，显然是勉为其难的。可是，我们又回不到古人的生活场景与情绪、氛围里，所以，只能猜想了，再猜想。

第十章

诗词韵仇池

名山大川，到处都是古代诗人的诗歌作品。好像任何一座山、一条河都积攒了许多古代诗歌。三山五岳，江南四大名楼，等等，每一处积攒的古代诗歌都可以编辑成一本厚厚的诗集。

第十章 诗词韵仇池

我国是诗歌产生发展比较早的国家,一部《诗经》的成书时间,已经让全世界艳羡。

诗歌最早的抒写内容,至今也没有什么大的变化,"即景诗""纪事诗""咏怀诗"是最初的诗歌内容,也是今天的诗歌内容。

我们的古代诗人还有一个写诗的场景约定,即:登高吟诗,临流作赋。也就是说,诗人们登到高处,尤其是高山都要写诗,"会当凌绝顶,一览众山小"。当然,一些亭台楼阁,虽然不算高处,但也离开地面,高过人的头顶。所以,高处是高过人的头顶(两米以上)。

二十年前在登到滕王阁最高层时,我看到一副对联,至今念念不忘:登阁何须寻帝子,凭栏尽兴数江舟。

于是,名山大川,到处都是古代诗人的诗歌作品。好像任何一座山、一条河都积攒了许多古代诗歌。三山五岳,江南四大名楼,等等,每一处积攒的古代诗歌都可以编辑成一本厚厚的诗集。

二十几年前我曾说:中国的旅游风景区,都是诗人创造的,因为有人题诗在前头。

仇池山也是如此。

下面我把古人(包括几位现代人)留在仇池山的诗抄录在这里。杜甫和苏轼的诗,我在前面已经写过,这里就不重复了。

仇池

[宋] 鲁百能

山占仇池地,江分白马氏。

潭深龙自蜇,亭迥凤曾栖。

作者简介:鲁百能,一作伯能,安吉(今属浙江)人。宋神宗元丰八年(1085年)进士,著有《醉仙崖》《同庆府》诗词全集。

仇池宿

[宋] 杜衍

仇池行馆最清虚,按部由兹得柅车。

对竹只宜思穴凤,临流不可见渊鱼。

作者简介:杜衍(978—1057年),字世昌。越州山阴(今浙江绍兴)人。真宗大中祥符元年(1008年)进士,善诗书,著有《杜祁公摭稿》《苕溪渔隐丛话》等书。

仇池山

[明] 任彦棻

成邑西山最高者,凝是周时至芧野。

上有仇池百顷田,白马氐羌住其下。

斗绝四面不可涉,飞龙峡水汩汩泻。

羊肠盘道苦难攀,三十六迥绕石湾。

复有丰泉能广利,煮土成盐济民艰。

嗟彼山城真蕞尔，乃有名山势崒嵂。

忆昔少谼曾品题，洞天福地羡厥美。

我逐往事每相过，扰扰长途苦蹉跎。

倦游不尽登临意，驱马行行奈若何。

作者简介：任彦棻，督饷主事，明万历二十三年（1595年）殿试金榜第三甲第88名同进士出身。万历时任户部陕西巩昌道参政。万历三十七年（1609年）分守陇右道，其间写有多首陇右风物诗篇。

仇池

[清] 毕沅

单椒矗紫霄，一幅画屏展。

鸟道挂云边，细逶穷百转。

凌虚一线穿，危磴滑春藓。

三十六盘迥，巨石塞绝巘。

蛇行出峰背，异境开平衍。

良田百顷余，井井画疆畎。

子姓各成村，篱落散鸡犬。

上有小盐池，日用供邑勉。

阴洞有神鱼，阳岩多美笋。

饱食而煖衣，颇觉人事善。

此地即桃源，仙凡真不辨。

中有高隐人，遗世甘謇偃。

四面看碧山，一琴兼一卷。

青壁孃飞梯，百云蟠废栈。

戛然空谷音，福地恣留恋。

扫榻快题诗，恐孤宿约践。

九十九泉庵，为署云窗匾。

作者简介：毕沅（1730—1797年），字纕蘅，自号灵岩山人，江南镇洋县（今江苏省太仓市）人。清朝中期官员、学者。乾隆二十五年（1760年），状元及第。毕沅喜金石、地理之学，著有《续资治通鉴》，又著有《传经表》《经典辨正》《灵岩山人诗文集》等。乾隆三十一年（1766年），毕沅迁太子左庶子，实授甘肃巩秦节道员，即今巩昌府（府治甘肃陇西），秦州（州治今甘肃天水），阶州（州治今甘肃武都）一府二州的长官，在此期间创作了有关陇西、天水、陇南、甘南许多诗篇。

仇池古迹

[清]王宇乐

陇塞通云栈，仇池起汉年。

因山成险壁，倚堞跨峰颠。

十九泉长绕，三千戌已还。

杜陵诗句在，胜迹任游畋。

作者简介：王宇乐，字尧赓，雍正年间进士，官西和知县。

仇池山

[清] 刘芳霭

百顷仇池境以南，拔奇扪壁足幽探。
云心突兀开丹嶂，山腹峻峥抱碧潭。
六六肠回盘磴谷，三三泉出窍岩嵌。
无缘极上寻前事，呼吸通灵与帝谈。
穴洞峻岈引胜长，路穿幽隘度河阳。
玲珑怪石胎渊奥，出没神鱼乐水香。
福地全生几乱世，通天妙语一奇囊。
新诗动我情游远，放眼三春纪数行。

作者简介：刘芳霭，乾隆前期官至监察御史，有文采，生卒无考。
（注：疑为刘方蔼，号兰谷，宣城人。有文名，善书法，该作者待考证）

仇池山

[清] 陈熙塙

其一

仇池妙境县西南，扪木攀萝上一探。
层嶂迥环包福地，数泉清冽下寒潭。
愧无来往骚人迹，空有玲珑宝石嵌。
安得优游闲岁月，相招同志恣高谈。

其二

石作严关数里长，中开鸟道绕山阳。

通天洞口流深碧,出水鱼鳞吐远香。

杜甫登来留碑碣,仇维飞去入诗囊。

惭予记胜无佳句,塞责涂鸦三两行。

作者简介:陈熙墉,福建晋江人,举人,清乾隆十年(1745年)任西和县令。

仇池百顷

[清]黄泳

一涧流琼液,千畦渥绣疆。

纵横成井亩,高下利方塘。

麦浪连波碧,苗花带水香。

仇公留润下,瘠土沃膏粱。

作者简介:黄泳,字宏济,四川射江举人,清乾隆三年(1738年)为成县知县。

将游仇池前戏柬山灵

[清]何廷楠

昔读仇池记,长怀小洞天。

几年看峡月,孤梦寄萝烟。

石壁千寻引,丹梯一线延。

无言不相识,期尔白云边。

柬诸生游仇池

[清] 何廷楠

神鱼终古无消息，仇穴何人纪旧闻。

我欲扶君凌绝顶，芒鞋踏破岭头云。

作者简介：何廷楠，广东连平州人，进士。清乾隆二十一年（1756年）任西和县令，善诗、书法。

从饮马河沿溪而东历十八盘登仇池绝顶

[清] 邱思永

五律　一

为爱仇池胜，因之作漫游。

桃花千岛秀，琪树一岩幽。

绝顶红云烫，巑峰绿黛浮。

神鱼消息断，泠泠水声秋。

二

回首寻来路，崎岖触目惊。

天桥连雾镇，石径带云平。

元鹤鸣金岛，青鸾下玉清。

微茫斜日外，汉水照人明。

七律　一

鸟迹纵横满径苔，溪桥尽处见楼台。

天门日射柔关晓，盘谷山萦蜀道回。

万点花香红露滴,一湾松影绿烟开。
依稀记得桃源路,鸡犬声中容子来。

二

天桥徙倚耸云关,淡宕山光照客颜。
日月不飞丹嶂外,风云常在翠微间。
深岩雨洗龙鳞湿,野庙松翻鹤影还。
池水一泓终古在,悬崖苔藓碧阑斑。

三

遥看岚气碧濛濛,村落萧疏黛色中。
古木类虬都入画,层峦似嶂不生风。
阴云匝地荒城冷,白雾连天野戍空。
遗有清风堪仰挹,高吟长剑倚崆峒。

四

磴道崎岖十八盘,灵旗万古护仙坛。
幽岩午霁层冰积,绝顶烟收石碣寒。
山谷樵人归树外,随风钟韵度林端。
天衢此去无多步,我欲凌虚一探看。

作者简介: 邱思永,清乾隆中期人,江西省南丰县人,清监生,善诗书。

游仇池

[清] 董保赤

其一

约游胜地出城南,驱马悠悠共往探。
笑拔白云横石嶂,附窥碧水照寒潭。
凭高极目千峰小,回顾惊心万丈晗。
灵境悠然澄俗累,洞天六六著丛谈。

其二

盘曲崎岖歧路长,松林积翠挂斜阳。
岩深石罅通天影,洞狭泉流度音香。
看去玲珑疑画影,收来吟韵入诗囊。
何年此地招同隐,采药谈经伴数行。

作者简介:原名董贞,字保赤,清乾隆时人,乾隆《西和县志》载为海宁(今浙江省海宁市)人,中华民国时期的《西和县志》载为西和县本地人士,事迹不详,待考。

从饮马河(俗名养马河)沿溪而东历十八盘登仇池绝顶总办甘南榷税(有序)

[清] 谢威凤

光绪庚子十月廿三日,为余六十初度,生性不喜延寿,乃作仇池之游。而西和守戎潘君竹台与余偕行。一宿其山,尽得形势。殆古人所谓仙境者欤?因赋五言诗志之,归饮西和宰姚鸿轩老友衙斋,酒酣录呈,吟坛竣政。

我读神仙传,仇池古仙乡。
关尹拔宅升,鸡犬声琅琅。
我读杜杂集,白云老而望。
我读苏志林,附庸洞天光。
平生未一游,结想梦彷徨。
年来觅桃源,两足关陇忙。
庚子岁十月,榷税天水邦。
花甲度及初,老大徒悲伤。
宾僚七十人,个个谋称觞。
寿世相不得,寿人医不长。
寿亲愿已虚,寿身得若凉。
何当海寇纷,西迁主苍皇。
(西迁下原注"光绪幸长安"。)
有心枉自腐,有胆无由尝。
宴乐这肺心,我实非狗狼。
仇池况伊迩,游避兴两狂。
道经古上录,潘安脚亦强。
相与跻其巅,身如鸾鹤翔。

初疑四壁削，太华同刚方。
又疑九九泉，崖壑森天章。
又疑百顷田，仇池渺茫茫。
石骨土为肉，耕种宜杂粮。
居民百十家，姓分赵何张。
粗野农家风，无怀葛天氓。
山中无历日，谁究神仙行。
关尹远难知，杜苏欲可量。
二公身梦游，诗笔尚轩昂。
幸藏残缺志，载宋将军杨。
威名号难敌，屯丘此山庄。
专征假节钺，平贼能擒王。
功封仇池公，庙食何堂堂。
曹纬叶秦州，重葺未丹煌。
而今安在哉，空山莽残阳。
九千四十步，周遭阔非常。
高过七里余，顶或平如场。
乃如一叶秋，枫落云汉旁。
叶上筋五条，条条是平岗。
岗岗瘦而埏，沟沟深而荒。
沟中三四泉，泉流尚汤汤。

余泉九涸矣，卅六盘羊肠。

是指东路言，上下称平床。

若论南北西，蚁行一线良。

虽非古桃源，兵乱实可防。

堪笑懒刘晨，咫尺空想忘。

我欲举家来，一任世沧茶。

作者简介：谢威风，名葆灵，湖南宁乡人。清光绪时曾任阶州（今甘肃省陇南市武都区）知州，善书法诗文。

登仇池绝顶

慕寿祺

四壁山钩连，望中气万千。

山有路一线。上通坠云巅。

是山即仇池，满目草芊芊。

其初曰维山，高处无人烟。

开者乃仇夷，今名赖以传。

状与龟相似，首尾形俱全。

四周廿余里，其中别有天。

楼橹二十四，气象何森然。

九千四十步，地址足回旋。

鸟道卅六盘，梯阶凌空悬。

东西敞二门,怪石当其前。
清泉九十九,灌溉百顷田。
穴深尘不到,盐煮土能煎。
白马所居地,神鱼潜在渊。
杂诗杜工部,赋石宋坡仙。
其他诸题咏,纷纷不记年。
昔闻杨氏兴,难敌为最贤。
晋室辙已东,乘间森戈铤。
刘曜不能屈,假以都督权。
兵力抗前赵,谁复攻其坚。
名号虽不正,功亦足多焉。
割据三百载,滋蔓一何延。
天演纷争竞,国步今迍邅。
关塞失凭籍,烟云莽变迁。
陇山林麓最,旧习犹相沿。
蕞尔仇池头,亭结白云边。
荒祠读断碣,临风涕涟涟。

作者简介:慕寿祺(1874—1947年),字子介。甘肃镇原县平泉镇人。清光绪二十九年(1903年)举人。中华民国初期在甘肃从政,1934年后在甘肃学院任教授。编著甚巨。

雨后游大河赴仇池因宿山顶

张志诚

七律一

登临人在白云边,寻胜长怀十九泉。
古洞迷离疑没径,高崖险峻欲摩天。
神鱼未易知消息,福地岂徒见旧传。
到得名山能避世,任他沧海度桑田。

二

羲皇旧庙枕山巅,杜陵遗祠已渺然。
贤圣风流今並歇,河山灵秀昔何偏。
烟云变灭须臾事,气运升沉际会玄。
惆怅仇池涸后迹,未知能否再如前。

雨后由大河赴仇池因宿山顶

张志诚

湿云初敛雨欲霁,路上行人成点缀。
携手策杖且力征,涉水跋山为惯例。
沿河东去复山行,山路崎岖河水浈。
忽尔山尽水环流,仇池突兀眼前峙。
豁然一望境非常,仓卒莫可名一状。
但觉万象顿更新,直道人间有天上。
壁立万仞矗云端,十里屏风列翠嶂。

是谁大力削得成，鬼斧神工出哲匠。
深维福地快登临，欣喜为之神更旺。
催促同人火速行，恨不凌风一飞向。
维时正当雨初收，泄雾贲云尚鼓荡。
虎豹当关虬龙飞，山鬼依稀出林障。
板援牵附陟山麓，羊肠盘道三十六。
险巇历尽又康庄，人家历历相比屋。
野人献茗劳行客，黄发垂髫尽和睦。
嗟予到此来何迟，殷勤笑止山中宿。
天明更觉气清新，探奇寻胜相追逐。
绿畴交错如掌平，时见篱落杂花竹。
溪谷深处洞门现，曲折潜通小有天。
岩岩峨峨峰峰秀，泉外复见无根泉。
独惜古迹多湮没，欲穷莫能究其全。
惟有名山体势殊，令人所过辄留连。
好鸟自然留音韵，菁竹深密花欲然。
朝日初上云霞净，一抹岚光浮淡烟。
回忆尘俗苦劳碌，便欲遗世而登仙。
何时筑茅临汉上，逍遥终老白云边。

作者简介：张志诚，曾任中华民国时期西和县中心小学教员，西和县自治区区长等职，善诗词。

赠杨之

赵朴初

欲劝杨之莫学诗,其如诗魄叩其篱。

巧思蛛网当门日,险忆仇池压顶时。

天道无亲常与善,人才非正不能奇。

好求诗品诗之外,转益多师是汝师。

作者简介:赵朴初(1907—2000年),中国佛教学者,居士,中国现代社会活动家,著有《滴水集》《片石集》《佛教常识问答》等,博学多才,善诗词、书法。

仇池书怀

李祖桓

四方山色绿青黄,盘道横空似挂肠。

氐国仇池曾纂志,羌村秦寨望中藏。

雄风当日千军扫,白马昔时万事昂。

绝顶蜀川秦陇隔,登临豪气一飞扬。

作者简介:李祖桓(1908—卒年不详)四川成都人,四川大学历史系教授。其父为著名历史学家,元史学家李思纯,李祖桓子承父业,继续研究挖掘中国历史,著书立论,其中《仇池国志》的出版,填写了中国氐族史的部分空白。该诗作是应西和县政府特邀来西和县仇池山考察时所作。

题仇池山

林景吾

福地当年庭伏羲,杨家白马建仇池。

天称小有山奇险,水岂无根国治夷。

西石勺边拍电视,神鱼洞畔立诗碑。

丝绸之路水经注,陇右人怀魏晋时。

作者简介:林景吾,笔名林回青,生于1945年,福建永春人,善诗词,楹联。著有《杏桔斋诗词录》。

忆仇池

赵逵夫

忆昔名山天下中,人文始祖化青峰。

刑天古史烟云邈,老杜诗章日月同。

自具川原福地广,超脱尘界翠霞重。

夜来方有东坡梦,杨将祠堂响暮钟。

作者简介:赵逵夫,1942年生,西和县北关村人。1967年,毕业于甘肃师大中文系。现为西北师大中文系主任、教授,国内外著名的楚辞学者,在先宋戏剧史研究、汉简研究、敦煌遗书研究、氐族史前史研究、甘肃地方史文学研究等多方面取得了为学界瞩目的成就。国务院古籍领导小组的《古籍整理出版情况简报》、中国社会科学院的《文学遗产》《文学研究动态》等多次介绍他的成果,称其"旧学根基、新潮气派"或"考据翔实,辨析精微"。

仇池行

林家英

一

寻迹辩踪学杜诗,穷追峡谷上仇池。
今朝三十六盘路,远胜杜陵欲访时。

二

穴洞幽幽小有天,冷冷流水谁挥弦?
神鱼自是难寻觅,胜景人间万古传。

三

万古高标号伏羲,崖峰石嶂逞奇姿。
晴天丽日犹烟雾,料得秋冬雨雪时。

四

佳主殷勤引路人,风光指点费精神。
茶香炕热兼鸡酒,为爱家山待客亲。

五

孤峰峭拔仇池影,荡漾心朝宜放歌。
三载二回深胜日,愧无好语报西和。

作者简介:林家英,女,1935年生,福建惠安人,兰州大学中文系教授,主要从事中国古代文学的教学和研究,力求将科研与实地考察相结合,多次来西和县考察,著书颇丰,有诗集《雪泥鸿迹小集》。

登仇池有感

鄢雨民

仇池山下果飘香，临水登攀九迴肠。
远眺群峰连云起，风光如画映长廊。

一

西石勺连小有天，麻崖古洞若许年？
各山轶闻千古在，杜甫诗章众口传。

二

伏羲悬崖耸入云，坐看千峰映长虹。
为觅故国传奇事，踏遍碧山十二峰。

作者简介：鄢雨民（1925—1998年），甘肃省文县丹堡人，曾任文县一中、西和一中校长，西和县政协副主席，善书法。

甲子游仇池有感

赵松龄

白云草舍梦寐求，谒友维山作旧游。
沧洛绾结锁玉坠，鸷龙列障护琼楼。
烽墩炮石皆历历，仙踪圣迹已悠悠。
酹酒洞天览四野，福地如珠缀九州。

作者简介：赵松龄（1924—1985年）字鹤轩，西和县南关人，曾为西和县县医院中医科主任，精通中医，为人谦厚，善书法，为西和县书法普及发展推动起到了很大作用。

雨中游仇池

廖志立

横空独立若舟形，仇池莽壮四海风。

青史推新伏羲首，白云送老少陵心。

汉水滔滔日夜里，铁山隐隐有无中。

英雄圣哲浪淘尽，极目伤神话古今。

作者简介：廖志立（1922—2000年），字士先，西和县北关人。1939年毕业于甘肃省立天水师范学校，善诗词、书法，著有《观心堂诗稿》。

从八峰崖望仇池

赵烈夫

夕阳晖里望仇池，福地神鱼信有之。

送老白云成虚语，忍听林外杜鹃啼。

作者简介：赵烈夫（1926—？），西和县北关人，善诗词。仇池诗社主要成员，编辑有《仇池诗草》等。

登仇池有怀杜甫

宁世忠

诗圣遗踪何处寻，寒峡冬渡出龙门。

驱车暂投同谷去，回望仇池雪朦朦。

作者简介：宁世忠（1937—2012年），祖籍山西省新绛县，出生于西和县，毕业于西北师大政教系，曾任教于西和一中，后任西和文联主席。善诗词、书法、楹联等。古文功底雄厚,著有《西和秧歌》《西和快板》《话说仇池》《杂碎小集》《秋园拾叶》《九品轩诗稿》等,后期其书法领导西和县一时潮流。

仇池山

方兴国

岩峣险峻古名山,巍峭连天不可攀。

伏羲岩云增壮色,旋风崖雾掉朱颜。

青平石上无根水,黄土窟中有小天。

国里白云人舍寨,全凭犀杓一神泉。

作者简介:方兴国,生于1945年,字力渊,西和县人,曾为西和县仇池电影公司负责人,善诗词、书法。

登仇池

何元元

一山突兀大河边,车辇飞霞赛八仙。

自古沧桑出世外,而今道路入云端。

桃花源里踏新雪,伏羲崖头览小山。

迷路松林寻画意,苍茫日暮下寒烟。

作者简介:何元元(1946—2021年),西和县南关人,曾在西和县文化馆工作,善画、书法。

以上这些诗歌，不是有关仇池山诗歌的全部，是经过挑选的。

温虎林先生在《杜甫陇蜀道诗歌研究》一书中说："自杜甫咏仇池后，历代咏仇池诗作不断，主要为追慕杜甫而作。"此话我不敢苟同。

咏仇池山者，大多是因山而感怀，追慕杜甫何必非要写仇池？何不写秦州、同谷、成都、夔州。

还有一首陶渊明写的《读山海经》，一些当地的人认为也是写仇池山的，我觉得有些牵强。陶渊明是借"刑天舞干戚"这个神话故事来抒怀，并不是像杜甫、苏轼那样心心念念仇池山而写诗。

第十一章 西和县的宏大

西和县是陇南市的一个县。位于甘肃省东南部，陇南市的北部，地理上属于西秦岭南侧。西和县处在中国大陆南北分界线上，河流水系属长江流域嘉陵江水系。全县大部分地区处在西汉水中下游，少部分属于青泥河流域。

第十一章 西和县的宏大

西和县是陇南市的一个县。位于甘肃省东南部，陇南市的北部，地理上属于西秦岭南侧。西和县处在中国大陆南北分界线上，河流水系属长江流域嘉陵江水系。全县大部分地区处在西汉水中下游，少部分属于青泥河流域。

在全国地图上看，西和县接近中国大陆的几何中心，县境南北跨度68千米，东西跨度56千米。县域周边与礼县、徽县、成县、武都区及天水市秦州区相邻。

西和县是一块开化很早的土地，新石器时代已有人类活动。仰韶文化、马家窑文化、齐家文化在县域北部的漾水河流域大量分布，寺洼文化在县南部西汉水河谷也有遗迹。

神话传说中的人文始祖伏羲诞生在县南部的仇池山，氐人的先祖刑天葬首在仇池山。

西和县还是秦人的发现地之一，也就是秦王朝的发祥地。今西和、礼县北部地区，史书称为"和仲宅西"，其中的"西"就是后来秦人的"西垂"。

以仇池山为中心的陇南山区，是古代氐人族群的家园。从殷商开始一直到隋朝统一之前，氐人族群都生活在这里。

西和县不仅历史悠久，文化积淀也非常深厚。《诗经》中的"秦风"有一大部分出产自西和域内。东汉时的大文学家西和人赵壹，给后世留下了《刺世疾邪赋》《穷鸟赋》等文章。

西和县还有一档民俗文化"乞巧节"。

我参观过两次"乞巧节"，彼时人们在广场庭院中载歌载舞，家家户户都洋溢着喜庆，真比北方的春节、元宵节热闹几倍。

七夕节（乞巧节）或称"女儿节""女节""古代妇女节"，是流行于甘肃省西和县的传统节日，国家级非物质文化遗产之一。

甘肃省西和县一带的七夕乞巧民俗出现于汉代，经过唐宋时期的发展，明清两代达于兴盛，至今已有近两千年历史。西和乞巧民俗活动内容丰富，形式多样，从农历六月三十日（小月为二十九日）晚开始，至七月初七日晚结束，前后历时七天八夜，整个活动分为坐巧、迎巧、祭巧、拜巧、娱巧、卜巧、送巧七个环节。

2008年6月7日，七夕节（乞巧节）经国务院批准列入第二批国家级非物质文化遗产名录。

七夕节（乞巧节）起源于汉代，东晋葛洪的《西京杂记》有"汉彩女常以七月七日穿七孔针于开襟楼，人俱习之"的记载。主要活动包括手襻搭桥、跳麻姐姐、祈神迎水、照瓣卜巧、巧饭会餐等多项内容。

每年农历六月下旬开始，在西和县，不论是县城，还是农村，未成家的姑娘们就忙活起来了，凑在一起商量怎么过属于她们自己的特有节日。一般是几个关系比较好的姐妹发起活动，同村未婚女性组成一个"场子"（俗称"乞巧场"）。选定乞巧场后，姑娘们结伴利用闲暇时间在居住条件较好的姑娘家练唱《乞巧歌》。

农历六月二十六到二十九这几天，姑娘们要从集镇纸货店迎请"巧娘娘"。"巧娘娘"请来坐在桌子上，必须用丝帕遮住脸，因为还没有到正式迎巧的时间。

农历六月三十晚上，姑娘们穿上盛装，列队整齐，挑上"巧娘娘"，端上香蜡纸品盘，在老年妇女的引导下来到河边举行迎巧仪式。主持者焚香点蜡，燃纸放炮，"巧娘娘"头儿跪迎接拜，其余姑娘则站在河边齐唱《迎巧歌》。然后，揭去"巧娘娘"头上的丝帕，一路唱着歌将"巧娘娘"请进院。进院门要唱《进院歌》，进屋唱《坐巧歌》。再就是敬献茶果，唱《献茶歌》，乞巧活动正式拉开序幕。

农历七月初一至初六，巧姑娘们要各自到场歌舞祝贺，交流歌曲舞蹈，联络同乡邻里之间的感情。到初七这一天，乞巧活动达到高潮。无论大庄小村的清泉边、水井旁都有乞巧的队伍在歌唱、舞蹈。主持者焚香化纸，燃放鞭炮敬水神，姑娘们手拉手跳唱《迎水歌》。活动从晨曦中持续到正午。午后，邻近的山寺热闹又起，巧队伍到那里奉敬神灵，祈祷五谷丰登，百事顺意。下午，姑娘们凑份子搭平伙，吃一顿丰盛的晚宴。宴罢茶毕，姑娘们有的准备照花瓣活动，有的预备送巧仪式，也有的继续唱歌跳舞。照花瓣仪式更惹人，姑娘们早已将自己发的豆芽儿端到乞巧场里来了，供桌上摆满盛在小瓷罐里用红绳束起来的金黄的豆芽，用无色瓷盆盛上早晨迎来的水，掐一苗豆芽丢在水面上，借烛光灯影看映在盆底的倒影，一个人照，余人唱《照花瓣歌》。照花瓣结束，已是星光满天的时辰，送巧娘娘返回天庭的时刻到了。鞭炮初响，姑娘们将"巧娘娘"连同莲花台一并挑上，唱着酸楚的《送巧歌》来到河边，送"巧娘娘"过天河渡鹊桥上天与牛郎相会。随后，"巧娘娘"在火中燃为灰烬，送巧仪式结束，姑娘们手牵着手，在不断的唏嘘声中，穿越茫茫夜色，通过年年迎巧、送巧的老路返回。西和一年一度的传统乞巧活动，也就此落下了帷幕。

从我能找到的资料来看，"乞巧节"是汉族的民俗活动，而西和地区的氐人似乎没有参与。为此我还多次询问陇南的朋友。

我看到了一篇文章，是论文，是带有严谨的考据性的论文，恰好解决了我的疑问。

文章是彭战获先生写的。彭战获先生曾编修过《西和县志》，是地方文史与民间艺术的研究专家。他的这篇文章的题目是《秦人、白马氐与乞巧风俗》。全文很长，我只能根据需要节选一部分放在这里：

一、问题的提出

甘肃陇南西汉水流域是白马氐族古老的家园，也是秦人的发祥地。二者相较,白马氏要比秦人在此生息的时间更早更长,尤其是秦人东进后,白马氏杨氏还建立过仇池国等一些地方民族政权。这里盛行的姑娘群体乞巧风俗,经专家考证是源于秦人古老的祭祀仪礼,其巧娘娘原型为嬴秦先祖女修,后与牛郎织女传说衍生成为乞巧节俗(也称女儿节)。西和、礼县乞巧节与中国各地七夕文化同源同根,年代已经很久远了,然而,独具特色颇有亮点的跳麻姐姐仪式一直让不少人觉着"非常突兀",甚至于"大惑不解"。

笔者的祖祖辈辈一直生息在西汉水上游,出于对家乡及地方文化的热爱,我也写过几篇有关乞巧调查研究之类的文章,相继刊发于《仇池》《陇南日报》《甘肃文艺》《陇南师专学报》上,有的还被收入《西和文史资料》《西和乞巧志》《姜席史话》《陇南秦文化研究资料》和一些学术研讨会的论文交流本上,至于对乞巧中为何要跳麻姐姐?麻姐姐的原型是谁?乞巧风俗与白马氏有无关系等问题,一直处于观察了解和反复思考阶段,未敢轻率下笔专论。前不久,中国陇南白马人民俗文化研究会副会长、原陇南市政协副主席张金生先生发来短信,约我实事求是写篇揭示白马人与西汉水上游乞巧风俗有无关联的文章,先交《陇南日报》发表,再递交中国甘肃首届白马人民俗文化研究会暨陇南第二届白马人民俗文化研讨会交流,并提出了他的个人设想和一些观点,于是才有了这个命题。本文先简述跳麻姐姐的全过程,然后多方寻找相关例证,综合比较,加以分析,探找麻姐姐原型及跳麻姐姐的因由,进而推出"秦人祭祖、乞巧与白马氐民族文化递加杂糅"等结论。

二、跳麻姐姐活动述略

要研究麻姐姐,必须首先了解跳麻姐姐的全过程。

跳麻姐姐,民间俗称"跳神",是一种招魂、请神上马(脚马)、祈福问事的巫觋活动。许多村寨的姑娘们一年一度成群结伙乞巧,大多数在农历七月初七晚上于神桌前举行此项庄严神圣的仪式,有问有答,歌舞并重,大约要持续三四十分钟。承袭古俗,仪式完整。可在照花瓣卜巧之前跳,也可在照花瓣卜巧之后跳。节点之外,平时从不乱跳。

要跳麻姐姐,事先要确定恰当的人选来充当"脚马"(即"神尸"),负责主跳。而这脚马的择定,必须得具备相应的条件:一是平时梦见自己跳过神的,很想借此机会真实感受一番;二是认为自己或家中诸事不顺,求助于神灵附身,既是"事后禳解",又是"事先设防",诚心诚意主动来跳的;三是大家公认推选的,或曾经有过跳麻姐姐经验的。姑娘们大多数年龄较小,涉世不深。为了确保活动有条不紊,往往要请过"神"的"神婆"或富有跳麻姐姐经验的老太婆来从旁指导协助,以防意外。

仪式伊始,集体祭神。礼毕,先由一人潜入神桌下的桌裙后面,主跳姑娘由两位大姑娘左右陪同面桌而立,其余姑娘相向恭列桌前两侧,开场是一番简短的对答唱和。例如,一侧姑娘先发问："麻姐姐,做啥着哩?"桌下姑娘答道："磨面着哩。"姑娘们合唱："东磨面,西磨面,磨磨篦下磨不转。"接下来,凡是与人们日常生活相关的,都可以作为问答的话题,尤其是茶饭、针线、纺织之类的问答最多。这是跳麻姐姐活动的序曲,问答方式上各个巧点间大体相同,但内容上繁简不一。如此经过反复问答、集体唱和后,桌下姑娘高声呼叫道："麻姐姐的神——来——了!麻姐姐的魂——来——了!"众姑娘一起附和应声:"麻姐姐的神——来——了!麻姐姐的魂——来——了!"至此,迎神招魂仪式结束,姑娘钻出桌裙,同大家一起用数板调跳唱《麻姐姐歌》。

流传到今天的《麻姐姐歌》比较多,虽长短不一,内容上却大同小异,多属叙事、赞颂之词。不同的歌词有"麻姐姐,隔河来,手里打着响锣来""麻姐姐,翻山来,脚踏铺下的红毡来""麻姐姐,水火头来,脚上穿着大红鞋""麻姐姐,地下走着来,脚穿一双绣花鞋""虚空里来,云里头走,麻姐姐手拿降妖斗""虚空行,云里走,上河里来了下河里走"(上河:指天上的河;下河:指地上的河,也俗称"天河")等。

跳麻姐姐带有一定的神秘、浪漫色彩。《麻姐姐歌》一旦唱起,神桌前主跳的姑娘和左右陪伴的两位姑娘便开始踏着节拍手舞足蹈。基本动作是双足原地跳跃,两臂前后甩动。起初,节奏舒缓,轻歌曼舞,富有韵律;随之,节奏逐渐加快,跳摆也越来越剧烈,几乎是上气不接下气,如此持续大约十分钟,若陪跳姑娘体力不支，可以中途由别人替换，但主跳姑娘必须坚持到底，直至"神灵附体"才算告一段落。主跳姑娘倒地不起时，众人高呼"请神上马"，并由大姑娘将其抱起，便试探性地问道："你是麻姐姐神还是巧娘娘神？"若回答"是麻姐姐神"时，便证明神灵已经上身脚马。否则，还要继续跳下去。这是跳神的第二阶段。

在"跳麻姐姐"活动中，主跳姑娘是麻姐姐神的"脚马"，是神的"代言人"，也是人、神、鬼相通的媒介，其内在本质，和巫婆的角色一致。神灵一旦附体，姑娘们便一起跪地祈祷："麻姐姐，麻姐姐，您是救世女皇、至灵至应的大神，请你嘴里头莫留言，舌头底下莫压话，给糊涂的阳人指一条明路吧！神前一炉香，人前一席话，若我们那个曾经无意冒犯了您，还请高抬贵手，千万不要计较……"接下来，人人虔诚上香磕头，逐一求福问事，有求必应，皆大欢喜。

最后，姑娘们怀着无比喜悦的心情，又是一番波又波的尽兴狂舞。大多数乞巧点上的舞蹈动作仍以跳麻姐姐时的为主，同时有的还伴有牵手摆臂式。

三、到底有没有麻姐姐的原型

七夕风俗的内核是乞巧，几乎风行全国各地，甚至还流行到了日本，但乞巧中跳麻姐姐仪项仅西汉水流域一"家"，除此再"别无分店"。这不是偶然的现象，不能不引起人们的关注和深思。西和县能被中国民间文艺家协会命名为"中国乞巧文化之乡",乞巧风俗能被列入国家级非物质文化遗产保护名录,其主要原因之一就是有这一独特的跳麻姐姐仪式。

一年又一年,乞巧乞了数千年。传承发展到今天的乞巧文化,仪式完整,内容太丰富了,实在让姑娘们欣喜若狂。可是,为什么要跳麻姐姐?麻姐姐是何方神圣?麻姐姐有没有原型?疑问太多!下面,侧重于麻姐姐原型方面做些力所能及的探讨。

(一)从文献记载中查找对应的原型

东晋葛洪《神仙传·卷七》、唐代颜真卿《麻姑仙坛记》、晚唐李冗的《独异志》、南宋刘敬叔的《艺苑》,以及袁柯编著的《中国神话词典》,还有《古小说钩沉·列异传》等,见诸记载的虽然前后有些差异,但归纳起来主要有两个:

第一个是东汉时修道成仙,曾三次见沧海变桑田,手爪四寸长,能掷米成珠,用灵芝酿酒的麻姑。

第二个是后赵胡人麻秋之女。麻秋为人猛悍,筑城严酷,督责工人,昼夜不止。其女有惜民之心,于是假作鸡鸣,群鸡相效而啼,众工役才得以休息。后来,麻秋知其所为,一再毒打麻姑。麻姑寻机逃入深山古洞,竟修成大道。

除此,《武都备志》记载有一则传说。说的是仙女转世的红女受不了婆婆百般折磨与小姑子的气,负恨离家,修成正果,度人向善,人们建红女祠祭祀的事。

(二) 从域内史实或传闻中寻找相关线索

麻姐姐肯定有其独特的生长土壤及地域历史因素。暂且抛开文献记载中的麻姑不说,再来谈谈当地与"麻姑""麻姐姐"相关联的几条信息,或许能够帮助我们共同理清麻姐姐原型的一些头绪。

1. 与仇池"麻姑仙洞"有关的传说

仇池山位于西和县城南五十公里处的大桥乡南部,西汉水自西北绕山脚南下,洛峪河从东南沿山麓西来汇入西汉水,二水汇流山下,形成三面环水、一面衔山的天险地势。这里是人文始祖伏羲的诞生地和刑天葬首的地方,也是白马氏族的发祥地和仇池国的故土。据地方志称,山上伏羲仙崖、石勺奇潭、金龙滚珠、八仙上寿、麻崖石洞、东水无根、洞涌神鱼、小有洞天等八大景观,构成了仇池山峰、泉、云、洞、石五绝的特有美景。另外,有民谣唱道:"伏羲仙崖第一景,轩辕神修滚龙珠。东水无根西石勺,中洞潜藏小有天。四大菩萨云霄殿,八仙上寿吉祥山。一上仇池百顷田,麻姑仙洞几千年。"

"麻姑仙洞"是当地民间的俗称,其实指的是仇池山东崖间那处幽深险怪的"麻崖石洞"。关于此洞,民间传说颇多。现择要简述几则:

(1) 传说上古年代,居住在仇池山上的华胥娘娘于雷泽踩大人足而身怀有孕,生下了伏羲。伏羲出生,大哭大叫,震得山摇地晃。一天,他到山下玩耍,碰见了一位女孩,历经多次波折,两人结为夫妇,就住在"仇池穴"(即麻崖石洞)里。这女孩,便是他的同母异父的妹妹,名叫女娲。女娲是个聪明的女性,抟黄土造人;炼石补天,阻止水患;一日七十化变,创造万物;主职姻缘,教化人类,进而帮母亲建立了"华胥氏之国"。他们是当地先民最早的神,先民们或塑像或画像,建有许多庙祠。直至今天,有的村子还尊奉为家神。当地家神主要有三大类:一类是历史上的英雄神;一类是龙王神,也叫湫神;还有一类是喇嘛神。女性,一般称"娘娘神"或"夫人",等等。此类传说较多,内容也比较丰富,女娲的主要功绩却大同小异。

(2)听老人们讲,仇池山上处处有洞,洞洞有景。唯独麻姑仙洞更是神奇,它是一处活洞,能上通天界、下通水府。传说很久以前,说不上是猴年马月,仇池一带闹恶怪,民众叫苦连天,几乎断了来往径行。更严重的是,山上有处蟠桃园,那可是王母娘娘苦心经营的,仙桃快要成熟了,若被恶怪食了毁了,那将会坏了蟠桃会大事。三仙女青娥闻讯,下凡来到了仇池,当飞过竹垭坪上空时,忽然听见林中有人哭得悲痛欲绝,便按落云头,摇身变成了村姑,想一探个中原委。原来是位青年,因父母被恶怪吃了,才如此伤心。青娥历尽重重艰险,翦除了恶怪,保住了桃园,遂私下与青年结为夫妇。这事,同时也惊动了二郎神,同样也赶到了仇池,又除掉了其他一些祸害人间的妖魔鬼怪。转眼间,八月十五到了,青娥被天兵天将抓回天庭,将一个孩子留在洞口。后来,青年修道成仙,在麻崖洞中升了天。

（3）有这么一位媳妇，踏进婆家门整整三个年头了，还没回过一趟娘家。不是媳妇不想回，而是回不了：婆婆太恶，小姑子太刁，男人年幼主不了事。她一天到晚忙里忙外，总有干不完的活儿，可从没换得一家人的好脸色，吃口顺气饭。这一天，媳妇怯生生地来到婆婆跟前，没等话说完，婆婆便拒绝道："不行！等把山里的麻子、菜子种上了再说！"种上了油菜，婆婆却又刁难道："我让你种在南山，你却种在北山，去把籽种捡出来重种，不然，这辈子休想回娘家！"媳妇也是没办法的办法，只好天天跪在地里捡呀捡，边捡边流泪，居然感动了观音菩萨，派仙鹊、仙鸽来帮忙，终于改种到南山。事后，媳妇让小姑子向婆婆讨口话，小姑子回话说："娘说来，等纺断铁锭，秋后庄稼收回来了再去。"于是，她就白天上地劳动，晚上熬夜纺线，常常独自落泪。观音菩萨暗中又来帮忙，派身边的善财童子作法，弄断了铁锭。婆婆改口道："锭子断了还不行。你整天眼泪跟尿水子似的，等哭满了三缸眼泪，我便放你去。"媳妇一听，越想越伤心，一下子昏厥过去。等到醒转，三口缸里全装满了泪水。一件接一件的蹊跷事，狠心婆婆想不出更好的阻拦法子，终于发了话："去吧，早上去，黑家回，不然打折你老爱往娘家跑的腿！"刚要出门，没料想小姑子却横在面前，黑着脸说："今天要转娘家，明天要转娘家，屋里的活儿谁干？等担断铁扁担后再去也不迟！"

　　婆婆狠心，小姑子刁蛮，丈夫年幼。这媳妇越想越伤心，越想越活得没奔头，万般无奈之下，便以洗麻线为借口，离家出走，遂坠崖身亡。有的说，她在仇池山的山洞里修成了正果，后累累显灵，给人类赐福降祥，跟观音菩萨差不多。据说此媳妇为天仙女转生人间，名叫红玉，也有的说名叫青娥。至今，西和晚霞湖峡谷中遗有"麻线滩"。

（4）从前，麻崖古洞有一股旺盛的泉水，终年一直往外淌，在山前形成一道瀑布奇观。有一年，一位村姑抱着一卷长达十余丈的麻布去泉里捶洗。洗着洗着，不小心脚下一打滑，掉下了山崖。幸好她情急中抓住了麻布的一头，被悬在了半山腰。村姑上不得上，下不得下，吓得昏死了过去。等她醒来，却毫发未损地落在台地上；据说是哪位神仙暗中救了她。

（5）早年间，一个农妇从沟底上来，坐在石洞前要洗几件衣裳。刚洗了几下，突然洞里冲出来一只红筷子。她认为得了仙宝，便急忙卷起衣裳，兴冲冲地抱着回了家。等她打开衣服要取红筷子时，竟然是一条口吐信子的小红蛇，吓得当即不省人事。等家里人将她唤醒，方晓得是怎么一回事，再四下寻找红蛇时，早已不知去向。此事传开，人们认为是污秽之气冲犯了神灵，才致使如此。此后，洞口、瀑布下面再没人敢洗衣服了。

2. 可供观赏的"麻姐姐鸟"

过去，西汉水流域广泛种植糜谷、荏子、麻子等作物，到了成熟期，麻雀等各类小鸟成群结队侵入田间啄食踢踏，尤其是啄食谷粒,动作灵巧娴熟,在谷穗间跳来窜去,十分贪婪。它们天天如此,犹如铺天盖地而来的蝗虫一般,赶也赶不退。故此,当地一直有养鸟"看山"的习俗。

麻雀等小鸟的天敌是鹞子。春季是鸟类产卵孵化繁殖的季节,于是人们便到山林里掏鸟窝抓取鹞娃驯养,用以看护庄稼。中华民国时期,一只鹞娃可值2块银圆;到了20世纪70年代中期,一只鹞娃价值达80元,一只青鹞价值达200余元,而且还供不应求。就二十世纪七八十年代而言,普通工薪阶层的月薪收入也只有50元上下,小麦市场价格也不过0.30元左右。从抓捕鹞娃到养成青鹞有一套完整的人工驯化过程,非常不容易。用鹞子守护庄稼,民间叫"看山"。谷物成熟之际,养鹞人将鸟拐插在山丘上,鹞子站于"鹞拐",每间隔一段时辰便将鹞子放飞一次,以驱逐鸟群。大多数人家重视养鹞"看山",鹞子格外珍贵。鹞子驱鸟,也食鸟,麻雀闻风丧胆,甚至被吓得羽毛落地。庄稼收获后,养鹞人再不留养青鹞,也不伤害,进行一段时期的野性驯化后,又放归于自然,等来年再抓捕鹞娃喂养,周而复始。也有人将成年鹞笼养过冬的,但饲喂困难,成活率极低。

有一种春来秋去的候鸟叫"麻姐姐",体型比麻雀略小,片羽成褐色,也啄害谷物,但老百姓一般不去伤害,通过捕捉,将其笼养。被笼养的麻姐姐鸟换毛后,颜色就会变黄,而且叫声也格外优美动听,观赏价值极高,进而民间形成了驯养此鸟贩入市场的习俗。特别是永兴、长道一带，养鸟成风，至今不少家庭仍笼养麻姐姐鸟，驯养教练鸟叫，大多会说"二姐娃回走"，制作精致鸟笼连同鸟一起出售。他们多数人会树上放"高游"，地上放"地游"。所谓"高游"，也叫游子，民间又俗称"鸟媒"，就是将已经驯化过的麻姐姐鸟放飞树枝，以引诱其异性同类鸟前来相会，并趁其不备加以捕捉；所谓"地游"，仍是以麻姐姐鸟为"鸟媒"，将其放飞于地上啄食谷粒，以诱骗同类争食，以网捕捉。

鹞子不能喂食过饱，否则就会"起盘"，起不到应有的"看山"作用。起盘，就是从低空一圈一圈往高空盘绕，成扶摇直上之势，直至升入云霄看不见踪影。这样，很可能就会逃跑掉，懒得再回来。有趣的是，碰到此种情况，养鹞人便戏称说："这是上天接鸟（方言读 qiāo）娘娘去了！"

四、麻姐姐原型在西汉水流域

如前所述，目的是为寻找麻姐姐原型作例证支撑，因为这是一个严肃、复杂又属于拓荒性的论题，不但文献没有具体明确记载，而且当今学者也很少深入探究过。到目前为止，人们多角度、多层面研究乞巧文化的文章多，但对麻姐姐的原型是谁，为什么乞巧活动中要跳麻姐姐等，质疑者颇多，研究方面依然是一片空白。陇南籍学者赵逵夫先生曾认为牛郎织女传说及衍生的乞巧节起源于西汉水流域，巧娘娘的原型是秦人的祖先女修，其依据是《史记》中有"女修织"的记载。由此推论，乞巧活动中的麻姐姐与巧娘娘（织女）不会相距太远，也应该在西汉水流域才算合情合理。为此，我以前在一篇文章中写道："麻姐姐到底是历史上的何人，就连专家学者也无定论，只好暂且存疑。至少认为她和女修的关联不会太远。境内有人类繁衍生息以来，古代居民的衣着，除牲畜兽皮之外，以麻织品和丝织品产生较早，棉织品较晚。织女是丝绸发展时代的象征，巧娘娘是女性中的佼佼者，后世便加以神话而拜祭，日盛一日。与此同时，劳动人民在有限的皮毛、丝绸之外，亦多用麻织制品，自然就有他们心中创造公认的麻神，肯定史有其人，同样勤劳能干，善纺善织，才有资格以陪祭祀。"从前面所录的大量资料显示，好些似乎都有麻姐姐的影子，甚至还跟"麻姑""麻姐姐"同名，但我们不能只看其中的一点一滴就轻下定论。有比较才有鉴别，事实比雄辩更能说明问题。综合起来比较分析，我认为麻姐姐的原型就在西汉水流域，不是一位"小神"，而是一位人人皆知的有名有姓的"大神"——她就是人类原始母祖女娲。只有她，才完全具备相应的条件。

（一）女娲是人也是神

第一，有仇池山"麻姑仙洞"为证。在没有确切文献史证的情况下，仙女、村妇、村姑等一系列传闻，都可以作为论据的支撑点。青娥下凡斩恶怪并与凡人婚配，二郎神在刘家河坝与塔子山斩妖除害；巧媳妇忍受不了恶婆婆与小姑子的再三虐待而离家出走,得以在洞穴得道;村姑洗麻布有惊无险;村妇洗衣服遇红蛇示警等,似乎表象上有些离奇古怪,但内质上至少说明这里是一处圣洁的仙洞,其仙境不容纳污,神灵不可亵渎,因人类原始母祖在此居住过。尽管伏羲与女娲之间历来多说并存,是兄妹关系,是姐弟关系,是氏族部落与氏族部落之间的关系,还是你是你、我是我两者互不相干的关系,间或被男权社会贬为从属地位的女神、女奴,等等,但当地老百姓惯性使然,尊伏羲为"人宗爷",尊女娲为"母祖","敬神如神在"。第二,蛇蛙崇拜与生育崇拜。史书记载,龙是伏羲氏的图腾,蛙是女娲氏的图腾。传说伏羲女娲皆"人面蛇身",是龙形象与蛙形象的神人化,至今仇池山一带的人将蛇、蛙仍视为神明,从来不去伤害。蛙繁殖能力惊人,想到"蛙"就联想到了"女娲造人"。《风俗通义》:"俗说天地开辟,未有人民,女娲抟黄土作人,剧务力不暇供,乃引绳于泥中,举以为人。"凡有女娲庙的地方都盛行到女娲庙求子的习俗。虽然这是没有科学依据的,却浸透着一种原始生殖崇拜文化。原始时代,部落战争十分残酷、频繁,而且全靠人力对抗,死亡者众多。加上疫病多发,人口成活率低,婴儿叫声又和蛙叫相同。所以,人们期盼能像"蛙"一样产子繁育,使氏族人丁兴旺,才能避免灭亡的命运。当地人不但将女娲视为祖神,还建有许多女娲庙,有的村子还一直将女娲奉为家神。这和乞巧活动中跳麻姐姐、生巧芽迎水照花瓣、穿针引线卜巧所隐透的生殖崇拜是一致的。

第三，女娲高禖。女娲为创造神，她的创造既包括自然界的创造，也包括人类的创造，因而又是造人之神。女娲创造了山川湖海、飞禽走兽，改变了原本洪荒的世界。女娲既造了女人，也造了男人，女娲想他们是人，总有一天会死的。死了怎么办？再造一批又太麻烦，于是她就去求上苍，安排男女结合，生儿育女繁衍下去，从而成为人类得以延续下去的婚姻之神。《风俗通》云："女娲祷祠神，祈而为女媒。因置昏祠。"罗泌认为："以其载媒，是以后世有国，是祀为皋禖之神，因典祠焉。"这应该是人类进入婚姻制度之后所赋予女娲主媒造婚神话的痕迹。西汉水流域养鸟习俗中"放高游""放地游"透过图腾崇拜，也正好反映了这一现象的俗变。第四，"人日"的狂欢。《太平御览》记载：女娲在造人之前，于正月初一创造出鸡，初二创造出狗，初三创造出猪，初四创造出羊，初五创造出牛，初六创造出马，初七这一天，才创造出了一个又一个、一批又一批的人。故此，人们称初七为"人日"。人多了起来，大伙儿蹦蹦跳跳，手舞足蹈，女娲好不开心。七夕节双七重叠，人们怎不像"蛙"一样狂跳呢。第五，关于女娲，文献记载较多，限于篇幅，今援引几条。《淮南子·览冥篇》："苍天补，四极正，溪水涸，冀州平，蛟虫死，颛民生。……然而不彰其功，不扬其声，隐真人之道，已从天地之固然。"《世纪·帝系篇》："女娲氏命娥陵氏制都良管，以一天下之音；命圣氏为斑营，合日月星辰，名曰充乐。即成，天下无不得理。"《淮南子·说林篇》："女娲，王天下者也。七十变造化。"《水经注》："疱羲之后，有帝女娲焉，与神农为三皇矣。"《诗含神雾》："含始吞赤珠，刻曰：玉英生汉皇，后赤龙感女娲，刘季兴也。"《抱朴子·释滞》："女娲地出。"《春秋繁露》："雨不霁，祭女娲。"《路史》罗萍注引《尹子·盘古篇》："共工触不周山，折天柱，绝地维。女娲补天，射十日。"可见，女娲是非凡的人物，也是一位上古了不起的女神。据传说，西和仇池山上的五彩石与礼县赤土山石林都是女娲炼石补天时所遗。就是这样一位女神，与生于仇池的伏羲在"麻崖仙洞"相处，人们怎能不尊为万能的麻神。尤其年轻的女性（包括姑娘），更是敬奉有加。

（二）与麻姐姐的"麻"字相关联者甚多

一是姓氏说。见文献记载的两位麻姑，其一是麻秋之女，她本姓"麻"，于是称"麻姑"；另一位手爪特长的麻姑虽然其情不详，但可推测为也是"麻"姓，或者是纺麻线的能手，或者脸上布满麻点。不过，"打人不打脸，骂人不揭短"，后者绝不可能，况且又不同于凡人。二是地名说。仇池山下有野麻坡，西峪坪以北有麻池坝，北奔的香山余脉上有麻坡里、麻坡下、麻塄坎、麻线滩，徽县有麻沿河，许多村子有麻地、麻园子等，皆因种麻而得其名。域内种植火麻很早，种植胡麻（亚麻）较迟，麻绳、麻织品使用很普遍。一些人认为"麻姑"或"麻姐姐"肯定是办麻线、麻布的佼佼者，如武山的"麻线娘娘"塑像。像上面的两位"麻姑"皆与此无涉。三是色彩说。比如麻雀、麻鹞、麻长虫、麻姐姐鸟等。说到这里，有必要交代一下，前面所说的麻姐姐鸟，经反复考察得知，并非乞巧活动中的麻姐姐原型，因会叫"二姐姐回走"、身体呈麻颜色而得其名，只是一种巧合而已。当然，倘若从秦人阳鸟崇拜与白马氏动物崇拜等方面去深究，还有继续商讨的价值。四是质地说。比如麻线、麻布、麻鞋、麻线绳等，是麻纤维制品。五是工具说。比如麻线车、麻布机等。

以上列举了麻字成头的一些实例，现在再说一说仇池"麻姑仙洞"。正如民谣所反映的，当地居民有种世代相传的古老记忆，这和方志记载近似一致。具体到麻姑仙洞，别称也有几种，如麻崖古洞、麻岩石洞、麻崖仙洞等。不论怎么说，总离不了一个"麻"字成头，因洞口崖面呈麻窝石质，山下不远处又有野麻坡。女娲是母系社会杰出的代表人物，后来此地多为少数民族聚居地，特别是白马氏族活动的时间最长，直到唐代才先后被藏化、汉化，同而不化的也有，那就是远遁于深山的仇池国遗民——至今生活在陇南文县一带的白马氏。女娲氏时代，正处于部落林立、族系纷繁的状态，一夫一妻制小家庭尚未充分发育，生产生活习惯性地以氏族部落为主，"父子无别，同室而居"，甚至"只知其母，不知其父"。据张采《中国风俗史》言，黄帝至夏商时的婚姻"无同姓异姓之别。如颛顼女女修，为伯夷之曾祖母。尧二女嫁舜皆同姓连婚是也。"可见夏商时，不论同姓异姓都可以婚配的，当时还没有同姓不婚的限制。

可能是与当时人们承前人重图腾归属而不重血亲归属有关联。又据谷城在《中国政治史》中考证,最初(三代之前)姓是用以称呼女子的,氏是用以称呼男子的。在母系社会时代,两个不同姓的氏族间如发生婚姻关系,出嫁的不是女子,而是男子。女子不出嫁,故能维持着表示血统的姓不变。直到稍后母系社会逐渐丧失权威,图腾意义逐渐被人忘却之时,用于女子的姓逐渐被男子的氏所代替。"正是这一转换过程,姓、氏的问题才显得有些混乱。大体上说,早期婚姻是群婚、氏族内婚和氏族外婚型的,其注重的是图腾关系、氏族关系,也就是生活资源关系、地域关系。可以看出,姓的作用在于'别婚姻''别种族'。"女娲是麻姑也好,是麻姐姐也罢,往事如云似水,但今天听起来仍显得是那么亲切。陇南是伏羲、女娲、黄帝等有重大影响的远古神话人物传说的流行区域,何况仇池山上又多有传说及遗迹为证,女娲怎能不受世人推崇敬拜呢?

(三)图腾崇拜及其他

如前所述,蛙是女娲氏的图腾,蛙生育能力极强,又是生育之神。何星亮先生认为:"娲即蛙当无疑义,而女与雌义同,所谓'女娲',其实就是'雌蛙'。大概雌蛙原是某氏族部落的图腾,后来图腾演化为神,雌蛙也演变为女娲。"人们期望女性大量生育,使氏族人丁兴旺,于是女娲庙遍及各地。另外,当地人一直将蛙视为神灵,据说是雷神之女。其实,女娲的父亲正好是雷神。"我不抓青蛙,不怕遭雷打",不是很好的说明吗?

由此可以推测，从"蛙"到"娲"再到"麻"，只是一音之转，将"蛙姑""蛙姐姐"称为"麻姑""麻姐姐"也是有可能的。也可以说，"麻姐姐"就是"蛙姐姐"或"娲姐姐"。再者，"吃穿"一直是人类求生存的首先大事，在人们争山争地争食源的同时，解决"穿衣"问题又显得尤为重要。值得特别提及的是，正如甘肃省博物馆研究员、甘肃秦文化研究会会长祝中熹先生所说的，我国新石器时代许多意义重大的文化成就，据迄今所知的考古资料显示，都首先出现在汉渭文化圈。如最早的彩陶，黍、油菜、小麦、大麻等农作物最早的标本，最早的房屋建筑，同汉字起源关系密切的最早的陶器符号，最早的青铜制品，最早的陶瓦，最早的室内绘画作品，最早的权杖头……这些史前文化光彩夺目的亮点，在域内竞相闪现，骄傲地诉说着汉渭文化圈上古时代的辉煌。"从神话历史传闻方面说，其丰富程度足以与考古信息相呼应。被视为华夏始祖的伏羲、女娲，以及时处文明前夕、位居五帝之首的黄帝，有关他们的传说，恰恰就集中分布在汉渭文化圈内。"汉渭文化圈是朱中熹先生综合研究了甘肃东部上古历史后新近提出的一个人文地理概念，具体指的是以陇山为依托，以天水市为中心，汉水和渭水上游支流密布的这一片区域。就西汉水流域而言，域内大麻作物种植最早，亚麻较迟，麻纺业一直很发达，直到20世纪70年代初还有麻织品见诸民间，也有以织麻布为业的"匠人"（一般为男性）。漫长的历史岁月里，麻是当地民众"穿衣保暖"之源，民众自然创造他们心目中的麻神。而这麻神,不是一般女性中的纺织能手,非"娲姐姐"莫属。年代久了,"娲姐姐"就成了呼之顺口又复合多义的"麻姐姐"。姑娘们乞巧所跳的麻姐姐,完全不是跳什么麻神。

最后,再补述几句:一是我以为仇池"麻姑仙洞"等一系列名称,很有可能是"蛙姑仙洞"之称的讹变,这只是推测,不成定论。二是女娲与伏羲虽有成婚的神话在流传,但在人们的心目中永远是位青春常驻的少女形象,而绝非妇女形象。故此,姑娘们则称其为"麻姑"(娲姑、蛙姑)"麻姐姐"(娲姐姐、蛙姐姐)。

从以上种种考辨中可以得出结论,麻姐姐的原型应该是女娲。只有她,才配称人敬人爱的"蛙姐姐""娲姐姐"与"麻姐姐"。

五、秦、氐文化交融互渗的活态见证

近些年来,陇南相继成立了白马人民俗文化研究会和秦文化研究会,域内的白马氐民俗文化和嬴秦史、秦文化的研究方面取得了长足的进步,研究队伍空前壮大,质量也在不断提高,包括文献、传闻、田野考古信息在内的大量新资料被发现和利用,以各种论著形式展示的一项又一项研究性成果琳琅满目,并先后出版有《陇南白马氐民俗文化研究》丛书之《调查资料卷》《论文卷》《服饰卷》《歌曲卷》《舞蹈卷》《传说卷》《语言卷》及《首届中国白马民俗文化研讨会论文集》和《嬴秦西陲文化——甘肃秦文化研究会首届学术研讨会论文集》等。最近两年，相继成立的陇南民间文艺家协会、陇南文史研究中心、陇南民间文艺研究中心和陇南民俗文化研究会，积极开展工作，也出了不少成果。"学贵有疑"，研究无止境。随着各项研究的深入和研究领域的不断拓展，出现了好多优秀的研究成果。限于篇幅，不再赘述。单以民俗乞巧文化而言，以往曾经模糊过、误判过，或者异说纷呈的问题，如今已逐渐变得线条清晰，泾渭分明，学界主流意识已经趋同。

"民俗文化具有地域性和历史性，是不同地区的人民大众在其所处的特定人文环境中，经过世代相继陶冶和传承而发展起来的乡土风情；而其最初的胚胎，大都源自某些历史因子，包含地域特色和历史文化沉淀，是其成长的土壤。"如巧娘娘的原型是女修，麻姐姐的原型是女娲，牛郎织女传说及其衍生的乞巧节都起源于西汉水流域等，都说明了这一点。只有民族的，才是世界的。对一个民族和地方民俗的尊重，就是对这个群体文化人格和精神品格的尊重。西汉水上游的乞巧风俗，源远流长。乞巧活动中为什么有跳麻姐姐的仪式呢？在甘肃秦文化研究第二届学术研讨会上，黄英先生作交流发言时指出："这是西戎文化——确切地说即氐羌文化，与秦文化的一种杂交混生现象。"他认为麻姐姐当是古代氐族妇女中纺织麻布的能手，是被神化的人物，即麻纺织业中的始祖神。其理由：一是陇右是大麻的原生地。考古发现最早的大麻籽，出土于新石器晚期马家窑文化东乡族自治县林家遗址。氐人有较发达的农业、畜牧业和手工业。如《华阳国志》载："其人半秦，多勇憨……有麻田，出名马、牛、羊、漆、蜜。"《三国志》裴注引《魏略》称：氐人"俗能织布，善种田。"《说文》曰："𦂳，氐人殊缕布也"，即用不同颜色的麻缕相间织出的带花纹的麻布。武山县水帘洞有"麻线娘娘"的塑像。二是氐族没有自己的文字，唐代以后已融合于其他民族。他推测，"'跳麻姐姐'原是氐族妇女独有的一项民俗仪式，由于'其人半秦'，长期杂居，而与秦人的'乞巧'祭祖风俗叠加杂糅混合到了一起，因此形成了'乞巧'与'跳麻姐姐'完全不同的两种歌舞风貌。"三是"跳麻姐姐的歌词不涉及巧娘娘"。最后，他归结为"西汉水上游的乞巧风俗，既是秦文化的遗留，也夹杂着氐羌文化的成分。这是此地的乞巧民俗文化具有原初性和地域性的依据，也是秦文化与西戎（文化）杂交混生的一个活态的例证。"黄英先生单从种麻、纺织上侧重论证，仅存一说。但最终得出的结论，笔者还是认同的。

　　乞巧文化是多元混生的文化。刘兴华先生认为："西周晚期，与秦人在西汉水上游地区（西和、礼县）进行斗争的，既不是羌族（寺洼文化寺洼山类型），也不是犬戎族（寺洼文化合水九站类型），而是当地的土著白马氐族（寺洼文化栏桥—碾子坡类型）"。秦、氐之间或斗或合若从周厉王时算起，到秦武公建邽、冀县止，长达160余年。若算到秦孝公灭豲戎，则长达5个世纪。祝中熹先生认为:"战国后期嬴秦能长驱远征同列强逐鹿中原而毫无后顾之忧,就是以腹地安定、民族关系和谐为前提的。"嬴秦农畜业结合的农耕经济形态,引导着白马氐开始过农耕定居生活,从根本上消除了民族矛盾的诱因。当然,既有先进文化的影响与感召,也不排除军事力量的征伐与胁迫,以及民族民俗间的尊重与相融互补。大秦王朝昙花一现,嬴秦人渐行渐远,渐行渐少,留下的是积淀深厚的民族文化。但秦人发祥地的氐族民众却一如既往仍生活在这里,此消彼长,反过来,又在威服影响着嬴秦遗民。此后,白马氐崛起,据《仇池国志》《西和县志》记载:"晋惠帝元康六年(296年),飞龙养子杨茂搜为避齐万年之乱,自略阳率部落4000家还保仇池,并得上禄、阴平地,始建仇池国,自置洛谷城(汉武都郡治),史为前仇池。"仇池政权盛盛衰衰,先后又在茄芦(今武都外纳)、武兴(今陕西略阳)、阴平(今文县)建立武都、武兴、阴平国。西魏废帝二年(553年),叱罗协斩杨辟邪,武兴亡,仇池杨氏政权告终。自汉至南北朝,历时358年。杨难为在位时,"称大秦王,改元建义,置百官,行天子制……面积约9.6万平方公里。人口约40万。"西汉水流域是秦人、白马氐的活动区,自秦人之后,直至唐代,白马氐族又在此活动了近八百年。这还不包括后来白马氐融入其他民族的漫长岁月。

人是民俗的载体,离开人的传承,任何民俗将不复存在。流传到今天的乞巧风俗,应该说是多元的。乞巧娱乐了白马氐人,白马氐人又丰富了乞巧内容。

作为秦人、白马氐生息过的家园,大堡子山与周边的民风民俗显然存在较大的差异,地域特色也很突出。综合各种资料分析,我以为乞巧风俗有可能起始于西汉水上游的永兴、长道和祁山一带,孕育期漫长,唐代仇池惊现"大人足",武则天称帝后才有所规模发展,并向周边辐射,明清时代进入鼎盛期。白马氐"重淫祀",没有自己民族的文字,至今故地师公设"花坛"、师婆设"白坛"时全以五色小旗代替神祇,便是突出的例证。同时,过去当地人们多数"好巫信鬼",村村几乎都有略似于师婆的女巫,十分活跃,她们皆以脚马自诩,不分三界什么样的大神、小神都去法,民间称此类人为"神婆"。她们以舞降神,是神的代言人,是沟通人、鬼、神的媒介。姑娘们跳麻姐姐活动,从招魂、请神上马(脚马)、祈神问事的整个仪式来看,正是古老白马氐民族巫文化的活态遗存。

西汉水上游乞巧风俗是在特有的信仰习俗及生存背景下产生的,有着独特的祭祀仪式、祈求内容和娱乐方式。节日期间的许多传统舞蹈兼具祭祀性、仪式性、自娱性、民俗性等多重艺术特征,给人以神秘、神圣的联想。姑娘们照花瓣穿针引线"以察巧拙",及跳麻姐姐以"祈神问事"等相关仪式,与其说是占卜问事,毋宁说更是一个精心设计好的游戏活动,从开始到结束就像是一个自己出谜面和自己解谜底的过程,整个活动一直充满了悬疑与惊喜。正如民俗学家钟敬文先生所说的:"游戏一旦作为调剂社会生活的一种文化需要时,它就天生具有一种娱乐意义。"就本质而言,乞巧的民众化祭祀是贯穿着神圣主题的一种娱乐活动,信仰是仪式的神圣主题,歌舞是娱乐的方式,"一言以蔽之,它是一种'神圣的娱乐'。"也可以说,姑娘们在神圣名义下所要达到的真实目的就是娱乐。至于侧重于自娱自乐的男性儿童跳麻姐姐游戏,是伴随姑娘们乞巧跳麻姐姐活动之下另一个巫性活动形式,具有异曲同工之妙。

六、结论

历史上的西汉水上游秦人、白马氐人交错居住,战争与和平,亦敌亦友,此消彼长,民风民俗交融互渗、优胜劣汰,地域文化特色突出。秦人祭祖乞巧与白马氐民族文化叠加杂糅,从而发展成为时日持久、仪式完整、内容丰富的姑娘们规模化的乞巧节俗。笔者综合相关文献及地域资料考证,麻姐姐的原型应该是人类原始母祖女娲,跳麻姐姐活动所祈求的美满婚姻才是乞巧的终极目的。

好了,有了彭战获先生的这篇文章(尽管是节选),我就省心省力地坐享其成了。(请允许我偷着笑一会儿。)

第十二章 氐族或白马藏族

其实，一个民族有一个民族的精神和风俗，那些深植在骨头里、精神世界里的族群基因，无论被披上什么颜色、形态的外衣，都无法动摇其根基。

第十二章　氐族或白马藏族

中华人民共和国成立后，通过识别并经中央政府确认的民族共有56个，其中没有氐族等民族。

不得不让我想起当年"五胡乱华"时的五个古代少数民族，鲜卑、匈奴、羯、氐、羌，现在只剩下羌族。

羌族现在有一部分人居住在陇南的宕昌，我去过羌寨，没看到羌族人与汉族人有什么区别。

国家划分民族，自有国家的道理，我等小民不懂，也不必多嘴。但是，我还是想追问一下氐人变成了什么民族，现在生活在哪里，生活得怎么样？

经查证，氐人或氐族现在是藏族，也叫白马藏族。白马人知道自己不是藏族，藏族同胞也知道白马人不是藏族，但是，他们接受了这个事实，他们也都各自保留着本族的文化属性、生活习惯和风俗。

我曾去过绵阳平武县的白马人山寨，也曾去过陇南文县铁楼镇的白马人家园，我没看到白马人对藏族这个称谓有什么民族身份的不认同。

其实，一个民族有一个民族的精神和风俗，那些深植在骨头里、精神世界里的族群基因，无论被披上什么颜色、形态的外衣，都无法动摇其根基。

氐人仇池

　　许多少数民族都不和外族通婚，就是为了保证血统的纯正。据说，白马人就不和外族通婚，包括没有白马血统的藏族。

　　我去年读过一本长篇小说《雀儿山高度》，作者是四川绵阳的作家陈霁。书中有一段故事，故事中有一个人是仇池国的遗孤，叫才介，这位才介讲述了氐人都去了哪里。我把它摘录下来：

　　才介只要坐在火塘边，几乎都要讲故事。

　　那天，他讲的是仇池国。那是很久很久以前的事了。仇池国，那是我们氐人的国家，不大，主要地盘在山那边的陇南，国都建在仇池山上，易守难攻，是强大邻国的眼中钉、肉中刺。一次，因为出了内奸，敌人趁机派大军围攻，双方在仇池山杀得尸横遍野，鲜血染红了西汉水和洛峪河。危急时刻，仇池王派人把王后和三个王子抄小路悄悄送出山外，藏在一个预先选好的一个洞里。洞里有水源，也备足了粮食等生活物资。王对王后说，你们在那里等我，半个月内我会来接你们。如果过了半月我还没来，就说明我已经战死，你就带着孩子们逃得远远的，隐姓埋名，过自食其力的生活。半个月过去，王没有来。又等了半个月，王还是没有来。直到洞中粮食耗尽，悲伤的王后晓得王已战死，不得不流着眼泪，带着孩子们离开山洞，一路南行来到文县，在山里开荒种地，搭草棚栖身。后来孩子们长大了，依然兵荒马乱，王后觉得文县也不安全，就让儿子们借着打猎,到更南的地方看看。儿子们一路走,一路丢几粒青稞、燕麦、豌豆和兰花烟种子,直到翻过杜鹃山,来到岷山之中。第二年,当他们沿着去年的路线又去打猎时,发现丢下的种子已经长出了青稞、燕麦和兰花烟,并且长势极好,说明南方适合居住,于是一家人离开文县,翻过杜鹃山,在岷山脚下定居下来。又过了些年,三个儿子分别成家,繁衍成一个人丁兴旺的大家庭。王后将三个儿子叫到一起,拈了三粒豌豆,白的代表老大,青的代表老二,麻的代表老三。她说,你们大了,应该离开我各自发展家业,你们的豌豆滚向哪里,就到哪里安家。她来到杜鹃山顶,将豌豆朝天上一抛,三粒豌豆分别滚向了南坪(今九寨沟)的勿角、文县的铁楼和平武的白马。三兄弟都找到了属于自己的那一粒豌豆,各自安家。九寨沟的厄补、文县的达嘎和平武的夺补——三大白马人部落,就因此形成了。

  小说就是讲故事,是作家给读者讲故事。所以,这一段故事,就是故事,不会是史实。不过故事也要有根据。比如想写一个人,至少要看到这个人的影子,如果连影子都没看到过,大概写出来的这个人,也站不住。这段故事的根据是氐人现在分布在三个地区:文县的铁楼,四川阿坝的九寨沟,四川绵阳的平武。

  九寨沟和铁楼镇隔着一座岷山,平武与仇池山有阴平道相连。所以,看似分在三个地方,其实是紧紧连在一起的。

现在氐人，不，白马藏族人，他们的生活状态如何？

自从我接受创作这本书那天起，我就想再一次去铁楼镇探访那些白马藏族人，感受一下他们现在的生活，可是，因为种种原因，在此书已经完稿时，仍不能成行。唉，留点遗憾吧。人生不就是在一个遗憾接一个遗憾中度过的嘛。

我读到一篇文章，是对文县、九寨沟、平武三个地方白马人的生活考察，虽然简短，理性，但也清楚地展现了现在的白马人生活状况和精神面貌。

这篇文章的大题目是：探寻神秘的"白马人"。署名：沉积带。

我把这篇文章的第一节摘抄在这里，作为这本书的结尾吧。

氐人故都的遗民——文县白马人

清代文县志载："文县皆氐羌遗种。""县城以西南五十里，皆白马氐也。"

四月的太阳毒辣辣地肆虐着大地，从文县县城向西南，沿着崎岖不平的乡村土路就进入了白马人世居的白马峪沟；一条发源于甘川交界的王朗山脉的绿色的白马峪河水缓缓地向东流进沟口的白龙江。白马河两岸的高山顶峰是稀疏的树木，山腰下已出苗的绿色的苞米被白色的塑料所覆盖。当汽车颠簸着进入宽阔的山谷，昏昏欲睡的我突然眼睛一亮：一座座"板屋土墙"样式的民居散落在山坡之上，我终于来到了白马人生活的故土！

第十二章 氐族或白马藏族

"板屋土墙"是中国古老的民族——氐人的原始民居。氐人自古就生息在中国的西北部,他们源于何处?至今仍罩在迷雾之中。到了历史上三国之后的两晋末期,氐人几乎同时建立了陇南的"仇池国"和雄霸黄河以北的"前秦"。著名的"淝水之战"正是公元354年前秦王氐人苻坚与中原的东晋王朝发生的一场战争。后来,氐人就逐渐融入中原的汉族;同时,"氐人"也在史书上消失了。一千多年的刀光剑影的历史过去了,唯有陇南仇池国的氐人后裔顽强地生存在甘川交界的大山里,并保留了远古氐人先祖的生活方式。而"板屋土墙"就是其一。

《南齐书·氐传》云:"氐于(仇池)上平地立宫室、果园、仓库,无贵贱皆为板屋土墙……"今天所见白马峪的"板屋土墙"虽已不是当年的"板屋土墙",但仍保留了古老的框架;有的已不见土墙,但屋顶的层层叠叠的杉木树皮仍在讲述着远古的故事。

草河坝寨近60岁的曹金华身穿斑斓色彩的白马人服饰,在洁净的自家院子里微笑着问候着我,一拨一拨白马男人走进院子,然后坐在小板凳上,同样是微笑着看着我,然后就一拨一拨离开了院子。这是少数民族欢迎远道客人特有的方式。

正值晌午,曹的男人曹新建从地里回来吃饭。曹端上一盘浓香扑鼻的香猪肉,香猪肉是藏彝走廊藏族特有的美食。这是鲜猪腿肉经熏干后,加上白马人配制的作料蒸出的,我从未品尝过如此的美味!曹的女儿在炉子上温热着一壶泡酒,曹夫人告诉了我：把苞谷、大麦、高粱和苦荞混起煮熟后，放入酒曲发酵一天，然后装缸1~3个月就可以喝了，喝时要加水后加热。在白马人居住区，只有白马峪的白马人喝泡酒。

我尝了一口温好的泡酒，微带酸甜并夹着五谷醇香的略有些粘口的酒汁令我食欲大振，和曹新建一口一口地对饮着泡酒，嚼着曹夫人用刀片下的香猪肉，更有山野风味十足的蕨菜粉条。在曹家人热情地怂恿下，我大口地饱尝了一顿真正的白马人的大餐。

第二天早上，我随着曹新建上了山。我这两天的活动都是由他安排的。70多岁的曹新建当过兵，见过不少世面；瘦高的身子，走起路来风风火火，像个壮小伙子。

山顶是块长形的草坪，草坪的一端是个新建的覆盖着瓦片的小庙：白马人祭祀千年的白马老爷庙。当我第一眼看到小庙，似乎并没兴奋起来，虽然一般人能看到白马老爷庙的机会甚少。这次进入藏彝走廊，为的是探寻深藏于其中的原始文化的遗存，而少数民族地区对原始神祇的祭祀是不设庙宇的，他们心中的神是大自然中吸日月之精华的一棵树、一块石头……

然而，这毕竟是我一生中第一次见到的古老的氐人崇拜数千年的神。庙门两侧的白墙上是福禄寿三星之老寿星的彩色画像，表明汉文化正在融入白马文化。当我走遍了白马人居住的三个地区之后，我发现：文县白马文化的特点是汉化最明显。

曹新建说，草河坝过去的白马老爷庙就是一块石头，这庙是2000年新建的。庙的正面墙上是一幅白马老爷的彩色画像，虽然是新画，却能从中窥测出白马人从古至今的白马老爷崇拜的变迁。画中骑着白马，身着戎装的白马老爷最明显的特点就是长着三只眼，即在额的中间有一竖眼，这不由使我想起了家喻户晓的杨二郎。但白马老爷的脚下却没有神犬，而是白马人崇拜的几只老虎。那么，白马人为什么要敬奉三只眼睛的白马老爷？白马老爷和杨二郎又有什么联系吗？

和王国维齐名的历史学家李思纯先生认为：二郎神原为"氐族的牧神或猎神"。他又进而推论二郎神的原形，"所依托的是氐族英雄人物仇池白马氏杨氏的领袖杨难当"。专家赵逵夫也同意二郎乃氐族之神的看法，并且以丰富的史料证明，氐族先民最早生活在我国西北部，一直保持有"剠（黥）额为天"的习俗，即用刀在额上刻上痕迹，然后在伤口涂上墨，使长入肉中，形成永久的痕迹，看上去像一个竖起来的眼睛，即所谓"天眼"——这就是二郎神有三只眼的来历。东汉以后，随着氐人逐渐融合于汉族和藏族，氐族的三目祖先神即二郎神也传入中原，成了大一统中华民族神仙世界中的成员。这么说，我们所熟知的二郎神是源于神秘的白马人。

以上虽不是定论，但大多专家的看法是：二郎神的原型为古代氐羌神祇是没有疑义的。因为截至目前，作为与古代氐羌有族源关系的藏族所祀的猎神都是三只眼睛。而让我们惊奇的是，在两万白马人中，杨姓至今是白马人的大姓，即杨姓仍是主体。

曹新建在画像下点燃了柏树枝，瞬间，翠柏的清香弥漫了小小的庙宇，白色的烟雾载着白马人虔诚的祈福飘出门外，缓缓地散向天空……

站在草坪，曹新建指着天边的雪山，"那就是王朗大山，山里有大熊猫的。雪线下现在正开着杜鹃呢！什么颜色的都有啊，好看着呢。翻过大山就是四川平武了，那里也是我们白马人啊。"

几乎像所有的山村一样，虽然通电了，但农家的灯光总是昏暗的。曹夫人为我拍照而穿上了有几百年历史的古老的白马人的服饰，这件麻布服饰上的图案记录着远古的氐人的精神文化信息，在文县白马人中几乎消失的服饰图案，后来我竟在大山那边的平武看到了。

曹夫人虽近六十岁，但穿着华丽服饰的她，灯光之下仍可见年轻时的风姿绰约，那是一个美丽而善良的白马姑娘。问及两个人的婚姻，曹夫人笑着说："那时，他就用两壶泡酒就把我娶回来了，哪像现在的年轻人。我们白马人离婚的极少呢，人活一世不能离婚的。"当我问及原因，她说，"不能这山望着那山高嘛，从良心上也说不过去啊。"

白马人历来极少与外族通婚，曹夫人是从道德层面上说的这番话，从更深层次讲，不与外族通婚这一特点，最明显地反映了"白马藏人"的强烈的自我意识，同时也是这支氐人经历了数千年民族融合，在其他氐人已遭同化的情况下，他们仍然得以顽强保留至今的重要原因。

后记

这部书稿写完时，正赶上北京的酷暑，据说是多少多少年一遇的酷暑。无论多少年一遇，遇上了就别抱怨，也别做无效的努力，要心平气和地接受。

任何事，都有上限与下限，超出上限和低于下限，都属不正常。今年的酷暑，身边的人们都在喊"不正常"，可是谁又能让酷暑不"酷"呢？嗨，人间的事儿我们都没有办法解决，何况是老天爷的事儿。

其实，最让我们无奈的恰好是人间的事儿。就是当下的，你的左邻右舍，你的上级领导和同事，不如人意的，不如你意的，你都无可奈何。至于历史，我们就更加无可奈何了。有史以来，对历史感兴趣的人很多，因为探明历史真相，有助于借鉴经验，规范当下行为，有道是："以史为镜"。但是，致力于研究历史的人，大多是对着历史的影子下功夫，历史的真相往往被藏匿，被戴上各类型的面具，甚至被穿上隐身衣。

比如您看到的这本书中的"氐人""仇池国""仇池山"等，真相我也未可知，但是我未必不能写。

司马迁非常想呈现一部真实的历史，但是他老人家千辛万苦找到的历史，常常也是历史的影子。于是，一部《史记》就成了司马迁主观的、个人感情化的"无韵之离骚"，是文学与历史相融合的著作。

有人说，我们看到的历史，就是胜利者的成绩单，这话虽然有些尖刻，但也不无道理。司马迁看到的历史，一部分是成绩单，一部分是他的前人的文学创作，比如上古神话。司马迁是对西汉前的各种传说、各国的成绩单加以辨析和综合梳理，然后进行文学创作，创作的部分则带有明显的个人感情倾向，所以是文学的"无韵之离骚"。

在这里说几句司马迁，并不是为自己这部带有许多不完善的作品遮羞。司马迁是史学的高山，我只能仰头望，最多是徒步靠近高山的"旅友"。

在《氐人仇池》的筹划阶段，我曾暗暗下决心，一定要写出一本和《蜀道青泥》《古道阴平》不一样的作品，一定要好于前两本，写完之后，感觉还不是很满意，未必比前两本强。

很多事情就是这样，在对一件事准备着手的时候，愿望很宏大，理想很雄伟，也给自己打足了气，而实际操作起来时，发现事与愿违的事很多，力所不逮的地方更多。

后 记

实话实说,我还是在《氐人仇池》里留了一些遗憾,但是,有些遗憾是我力所不逮的。这么说,并不是为自己开脱。在写作过程中,我尽力地还原资料所提供的史实,当然,该质疑的地方我必须质疑。写史是呈现写史者的历史观、文化观。我尽力地呈现仇池山、西和县及氐人的丰富性和独特性,对所截取的史料不再加工,当然,对这一部分史料我也没有能力再加工。

说到底,一个作家的所有文学作品,就是一部遗憾总集。

作家对历史模糊的地方可以发挥想象,面对具体的史料是没有想象空间的,多说话就是画蛇添足。

《氐人仇池》一书使用了几位陇南史学专家的文章和观点,虽有注明,但也要感谢。尽管大多是好朋友,比如赵殷、马昱东、焦红原等。

最后要感谢为这部书的出版完成,陇南市的有关部门和朋友们付出的努力;感谢和我一起在仇池山上寻访的毛树林、赵殷、陇上犁、李如国、马昱东、波眠,还有西和县博物馆的仇池大汉先生等多位朋友。当然,一定要感谢仇池山上仇池村的领导,为我们在仇池山寻访所提供的方便。

窗外的空气还在持续地燥热,好在我完成了这部书稿,心里已经凉爽了许多,好在"氐人""仇池山""仇池国""西和县"目前温度还不高,但愿,这部书能帮它们提提温度,或者把北京目前的热度分一些给它们。"环球同此凉热"虽然有些理想化,但是,人类若没有了理想,岂不是行尸走肉、枯木衰草!

　　陇南是有着深厚的历史人文积淀的地方,是在讲述华夏历史时绕不开的地方。所以,五年前,我决定为陇南的历史、地理、人文著述写志。当然,写好陇南也面临着各种挑战。首先这块地方被各类史料所记载;其次,近当代有很多专家、学者及作家详尽地描写过。仅"蜀道申遗"就吆喝了十年之久。但是,决定写陇南是我的理想,写好陇南的历史、地理、人文也是我的理想。一个人能实现理想,不亚于重新活过一次。现在,我实现了自己的理想,我已经再生了一次,或为自己的生命延长了一些。至于理想兑现的效果,就不在考核实现理想这一范畴之内了。

　　再一次感谢陇南给了我这样一次机会,感谢陇南的朋友们给了我实现理想的机会。

　　有《蜀道青泥》《古道阴平》《氐人仇池》三本书为证,我应该是一个不在户籍册的陇南人。

甲辰年仲夏于三余堂